文春文庫

秋山久蔵御用控

無法者

藤井邦夫

文藝春秋

目次

「秋山久蔵御用控」江戸略地図

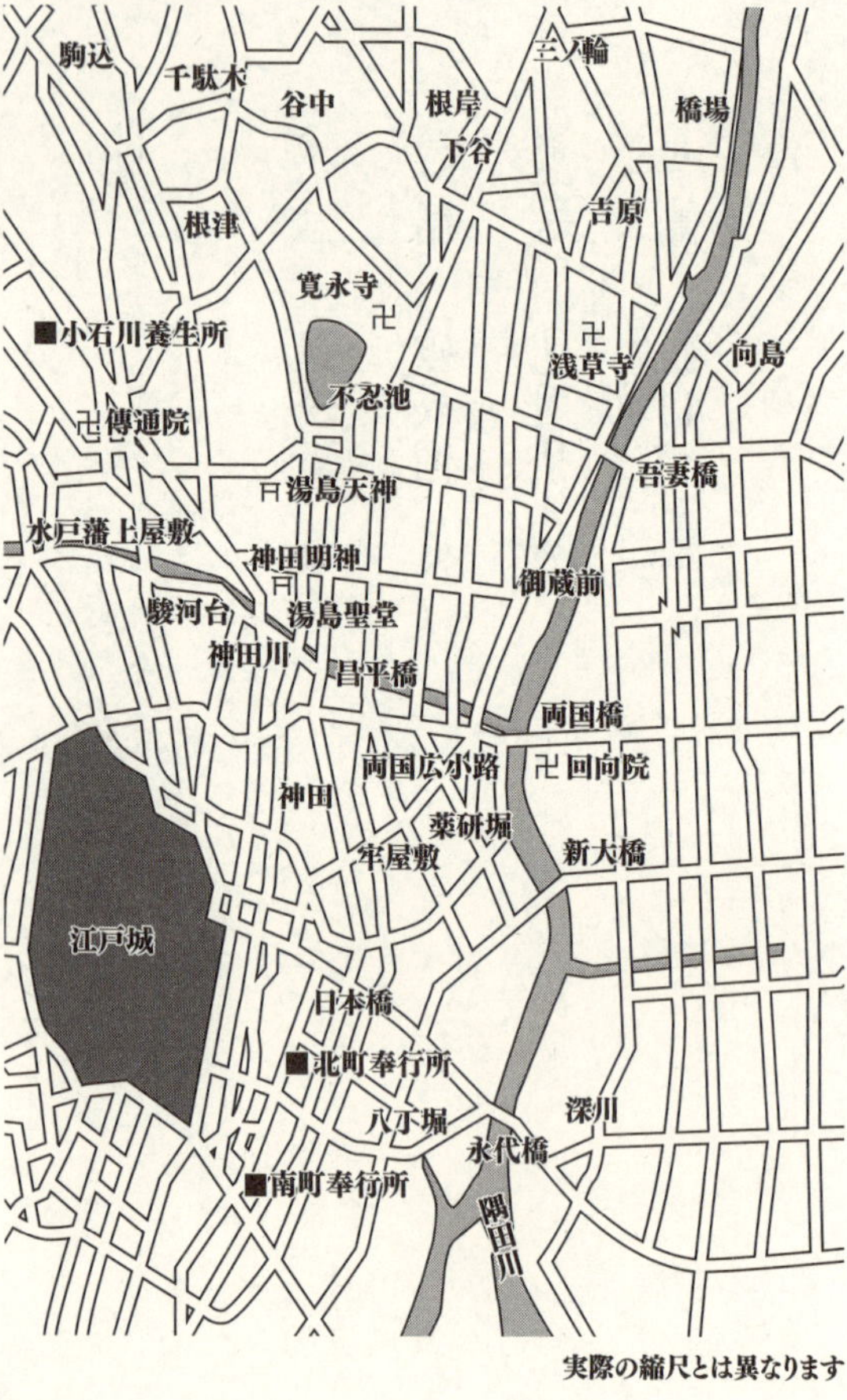

実際の縮尺とは異なります

日本橋を南に渡り、日本橋通りを進むと京橋に出る。京橋は八丁堀に架かっており、尚も南に新両替町、銀座町と進み、四丁目の角を右手に曲がると外堀の数寄屋河岸に出る。そこに架かっているのが数寄屋橋御門であり、渡ると南町奉行所があった。南町奉行所には〝剃刀久蔵〟と呼ばれ、悪人を震え上がらせる一人の与力がいた……

秋山久蔵御用控・登場人物

秋山久蔵（あきやまきゅうぞう）

南町奉行所吟味方与力。〝剃刀久蔵〟と称され、悪人たちに恐れられている。何者にも媚びへつらわず、自分のやり方で正義を貫く。「町奉行所の役人は、お奉行の為に働いてるんじゃねえ、江戸八百八町で真面目に暮らしてる庶民の為に働いているんだ。違うかい」（久蔵の言葉）。心形刀流の使い手。普段は温和な人物だが、悪党に対しては、情け無用の冷酷さを秘めている。

弥平次（やへいじ）

柳橋の弥平次。秋山久蔵から手札を貰う岡っ引。柳橋の船宿『笹舟』の主人で、〝柳橋の親分〟と呼ばれる。若い頃は、江戸の裏社会に通じた遊び人。

神崎和馬（かんざきかずま）
南町奉行所定町廻り同心。秋山久蔵の部下。二十歳過ぎの若者。

香織（かおり）
久蔵の後添え。亡き妻・雪乃の腹違いの妹。惨殺された父の仇を、久蔵の力添えで討った過去がある。長男の大助を出産した。

与平、お福（よへい、おふく）
親の代からの秋山家の奉公人。

幸吉（こうきち）
弥平次の下っ引。

寅吉、雲海坊、由松、勇次、伝八、長八（とらきち、うんかいぼう、よしまつ、ゆうじ、でんぱち、ちょうはち）
鋳掛屋の寅吉、托鉢坊主の雲海坊、しゃぼん玉売りの由松、船頭の勇次。弥平次の手先として働くものたち。伝八は江戸でも五本の指に入る、『笹舟』の老練な船頭の親方。長八は手先から外れ、蕎麦屋を営んでいる。

おまき

弥平次の女房。『笹舟』の女将。

お糸（おいと）

弥平次、おまき夫婦の養女。

太市（たいち）

秋山家の若い奉公人。

秋山久蔵御用控

無法者

第一話

無法者

一

皐月《さつき》——五月。

五月五日は端午の節句。そして、端午の節句から着物は裏付きの袷《あわせ》から単衣《ひとえ》の帷子《かたびら》になり、八月の末まで続いた。

夜の大川には二十八日の川開きを待ちきれない屋根船が行き交い、流れに船明かりが映えていた。

南町奉行所吟味方与力《ぎんみかたよりき》の秋山久蔵《あきやまきゅうぞう》は、船宿『笹舟《ささぶね》』の座敷の縁側から船明かりの映える大川を眺めていた。

「お待たせ致しております……」

船宿『笹舟』の女将《おかみ》のおまきが、酒と料理を持って来た。

「今、勇次《ゆうじ》を走らせましたので、弥平次《やへいじ》は間もなく戻ると思います。どうぞ……」

おまきは、徳利を手にした。

「忙しいのだな……」

久蔵は、縁側から座敷に戻って座り、猪口《ちょこ》を手にした。

「この先の長屋に夫婦喧嘩の仲裁に行ったんですよ」

おまきは苦笑した。

「そいつは大変だな」

「いいえ。奥さまや大助《だいすけ》さまにお変わりございませんか……」

おまきは、久蔵の猪口に酒を満たした。

「ありがたい事に達者にしているよ」

「そりゃあ、ようございました」

「うむ……」

久蔵は酒を飲んだ。

「それで、与平《よへい》さんとお福《ふく》さんは……」

「相変わらずだ。太市《たいち》も良くやってくれているぜ」

久蔵は、笑顔で酒を飲んだ。

「そうですか。もうすぐ川開き、奥さまや与平さんたちに、宜しければいつでも船を仕度《したく》しますと、お伝え下さい」

「そいつは喜ぶ。伝えるぜ」

「お願いします」

廊下に微かな足音がした。

「おまき……」

弥平次の声が襖《ふすま》の外からした。

おまきは、返事をして襖を開けた。

「御免なすって、お待たせ致しました」

船宿『笹舟』の主で岡っ引の柳橋《やなぎばし》の弥平次が入って来た。

「お待ち兼ねですよ」

「申し訳ございません」

「いや。急に来たんだ。気にしないでくれ」

「畏《おそ》れいります……」

「じゃあ、お前さん……」

「ああ……」

「では秋山さま、ごゆっくり……」

おまきは、久蔵に一礼して座敷を出て行った。

「ま、一杯、どうぞ……」

弥平次は、久蔵に酌をした。

「おう……」

久蔵が、弥平次から徳利を取って差し出した。

「こいつは畏れいります」

弥平次は、恐縮しながら久蔵の酌を受けた。

久蔵と弥平次は酒を飲んだ。

「それで御用とは……」

弥平次は猪口を置いた。

「うむ。そいつなんだがな、柳橋の。今日、目付《めつけ》の榊原采女正《さかきばらうねめのしょう》さまがお見えになってな」

「南の御番所にですか……」

旗本の支配監察が役目の目付が、町奉行所を訪れる事は滅多にない。

弥平次は戸惑った。

「うむ。それで、奥方さまの甥の様子が此処の処、ちょいとおかしいので密かに調べてみてはくれぬかと申されてな……」

「榊原さまの奥方さまの甥っ子……」

弥平次は眉をひそめた。

「ああ。奥方さまの実家は、本郷壱岐殿坂《ほんごういきどのざか》に屋敷のある千五百石取りの旗本、森《もり》岡《おか》家でな。今の当主は榊原さまの奥方の兄上の森岡頼母《たのも》、甥は平四郎《へいしろう》と云う二十二歳になる部屋住みだ」

「その森岡平四郎さんの様子がおかしいのですか……」

「うむ。しょっちゅう出掛け、得体の知れぬ浪人や町方の者と連《つる》んで何かをしている……」

「それはそれは……」

弥平次は苦笑した。

「旗本の部屋住みが、暇に飽かせて酒と女と博奕《ばくち》に現《うつつ》を抜かす。良くある話だが、不祥事を起こせば御家の一大事。そこで森岡頼母は義弟の榊原さまに相談した訳だ。榊原さまは配下の徒目付《かちめつけ》に探らせれば、公儀に知れる恐れがあるとし、密かに南町に来たって訳だ」

久蔵は、手酌で酒を飲んだ。

「お旗本もいろいろ大変ですねえ」

「ああ。旗本御家人なんざ、御先祖さまが命懸けで稼いだ家禄に胡座《あぐら》を掻いているだけでな。禄高が多ければ多いほど必死に守ろうとするもんだ」

久蔵は苦笑した。

「それで、その森岡平四郎さんが何をしているのか探るんですね」

「ああ。頼めるかな……」

「そりゃあもう。お任せ下さい」

弥平次は引き受けた。

「すまねえな。これは探索の掛かりだ」

久蔵は、紙に包んだ小判を差し出した。

「畏れいります。ありがたく……」

弥平次は、小判の紙包みを受け取った。

岡っ引と手先たちは、お上の威光を背負って人の秘密を探り出す。

弥平次は、そうして知った秘密を金欲しさの脅しに使うのを恐れ、手先たちに探索費用を充分に渡していた。

久蔵は、そうした弥平次を良く知っており、私的とも云える探索の費用を渡した。

「たとえ榊原さまの頼みでも容赦はいらねえ。調べる事は遠慮なく調べてくれ。それで、危ねえと思ったらさっさと手を引いてくれて結構だ」

久蔵は、昵懇《じっこん》の仲の榊原采女正の頼みとは云え、厳しく扱う姿勢をみせた。

「承知しました」

弥平次は微笑《ほほえ》んだ。

「ま、旗本の部屋住みの一件。良くある話と代り映えしねえだろうがな……」

久蔵は酒を飲んだ。

本郷壱岐殿坂は、本郷一丁目から美濃国郡上藩《みののくにぐじょう》江戸上屋敷の横を通り、常陸国《ひたちのくに》水戸藩江戸上屋敷傍に続いている。

旗本森岡家の屋敷は壱岐殿坂の端、水戸藩江戸上屋敷近くにあった。

柳橋の弥平次は、托鉢《たくはつ》坊主の雲海坊《うんかいぼう》としゃぼん玉売りの由松《よしまつ》に森岡平四郎の探索を命じた。

雲海坊と由松は、森岡屋敷周辺の旗本屋敷の中間《ちゅうげん》や小者、出入りの商人などに聞き込みを掛けた。

森岡平四郎の評判は、無法者、悪戯《いたずら》者、悪餓鬼、喧嘩好きの乱暴者などと、決して良いものではなかった。

「で、剣術は神道無念流《しんとうむねんりゅう》で、かなりの遣い手だそうですよ」

由松は告げた。

「神道無念流なら駿河《するが》台《だい》の撃剣館《げきけんかん》かな」

雲海坊は首を捻《ひね》った。

「きっと……」

「まあ、やっとうだけが取り柄の乱暴者なら、余り賢い方じゃあねえだろうな」

雲海坊は苦笑した。

「さあ、そいつはどうですか……」

「とにかく、平四郎を尾行《つけ》て何をしているのか見定めるか……」

「ええ……」

雲海坊と由松は、森岡屋敷の斜向《はす》かいにある大名家江戸下屋敷の中間頭の善造《ぜんぞう》に金を握らせ、中間部屋を見張り場所に借りた。

半刻《はんとき》（一時間）が過ぎ、陽は西に傾き始めた。

雲海坊と由松は、大名家江戸下屋敷の中間部屋の窓から森岡屋敷を見張り続けた。

半纏《はんてん》を着た町方の男が現れ、森岡屋敷を窺《うかが》った。

「雲海坊の兄貴……」

「うん。善造さん、野郎、何処《どこ》の誰か知っているかい」

雲海坊は、中間頭の善造に訊いた。

善造は、窓から町方の男を眺めた。

「ああ。野郎は平四郎と連んでいる奴だぜ」

「名前は……」

「確か清助《せいすけ》か清吉《せいきち》。いや、清次《せいじ》だったかな」

善造は首を捻った。

近くの寺の鐘が未《ひつじ》の刻《こく》八つ（午後二時）を響かせた。

森岡屋敷の表門脇の潜《くぐ》り戸が開き、若い武士が出て来た。

「森岡平四郎ですかい……」

由松は、善造に若い武士を示した。

「ああ。平四郎だぜ」

善造は頷《うなず》いた。

「清次、待たせたか……」

平四郎は、町方の男に笑い掛けた。

「いいえ。今来たばかりですぜ」

「そうか……」

平四郎は、清次と呼んだ町方の男と壱岐殿坂を本郷の通りに向かった。

「清次か……」

「ええ……」

雲海坊と由松は、半纏を着た町方の男の名前を知った。

「じゃあ、雲海坊の兄貴……」

「ああ。善造さん、又来るよ……」

雲海坊と由松は、大名家江戸下屋敷を出た。

平四郎と清次は、ゆったりとした足取りで本郷の通りに向かっていた。

雲海坊は慎重に尾行をした。そして、僅《わず》かな戸惑いを覚えた。

清次と言葉を交わしながら進む平四郎には、辺りや尾行などを警戒する様子が微塵《みじん》も窺えなかった。

平四郎は神道無念流の遣い手、腕に覚えがある所為《せい》か……。

雲海坊は、由松と共に慎重な尾行を続けた。

平四郎と清次は、本郷の通りに出て神田明神《かんだみようじん》に向かった。


神田明神は参拝客で賑わっていた。

平四郎と清次は、神田明神門前の盛り場に進んだ。

盛り場には昼間の気怠《けだる》さが漂っており、連なる飲み屋は開店の仕度をしていた。

平四郎と清次は、開店の仕度をしている小料理屋『お多福《たふく》』に入った。

雲海坊と由松は見届けた。

「お多福か。店を開く前の小料理屋に何の用かな……」

雲海坊は、軒行燈《のきあんどん》に書かれた小料理屋の屋号を読み、首を捻った。

「馴染《なじみ》の店で、明るい内から飲もうって魂胆かもしれませんぜ」

由松は苦笑した。

「うん……」

「お多福、どんな小料理屋かちょいと訊いて来ますぜ」

由松は、聞き込みに走った。

雲海坊は、斜向かいの路地に潜《ひそ》んで小料理屋『お多福』を見張った。

僅かな時が過ぎ、平四郎と清次が小料理屋『お多福』から出て来た。

「まあ。こんなものかな……」

平四郎は、小さな紙包みを掌《てのひら》で弄《もてあそ》びながら笑みを浮べた。

「ええ。又、来ればいいんですよ」

清次は嘲《あざけ》りを浮べた。

「よし。じゃあ次に行くか……」

平四郎と清次は、神田明神門前の盛り場を出て明神下の通りに向かった。

小さな紙包みの中身は小判だ……。

雲海坊は睨《にら》んだ。

平四郎と清次は、小料理屋『お多福』から金を受け取っている。

金は脅し取ったのか……。

雲海坊は、平四郎と清次を追った。

「雲海坊の兄貴……」

由松が、背後から来て並んだ。

「お多福、どんな小料理屋だった……」

「一見《いちげん》の客には高値を吹っ掛けるそうでしてね。余り評判は良くありませんよ」

「へえ、そんな小料理屋か……」

評判が悪ければ悪い程、脅しを掛けられる隙は多くある。

平四郎たちは、その辺を衝いて脅しを掛け、金を巻き上げているのかもしれない。

雲海坊は読んだ。

「ええ。奴ら思っていたより早くお多福を出ましたね」

由松は、先を行く平四郎と清次を示した。

「うん。お多福には金を貰いに行ったようだ」

「金……」

由松は戸惑った。

「ああ。脅し取ったのかもしれねえ……」

雲海坊は告げた。

「へえ。そう云う訳でしたか……」

由松は眉をひそめた。

平四郎と清次は、明神下の通りから不忍池《しのばずのいけ》に向かった。

雲海坊と由松は追った。

魚が跳ねたのか、不忍池の水面《みなも》に波紋が広がった。

平四郎と清次は、不忍池の畔《ほとり》を下谷《したや》広小路《ひろこうじ》に向かった。

雑木林から四人の浪人が現れ、平四郎と清次を取り囲んだ。

平四郎と清次は身構えた。


「雲海坊の兄貴……」

由松は戸惑った。

「さあて、何が始まるのか……」

雲海坊は、楽しげな笑みを浮べて雑木林に入り、木立伝いに平四郎、清次、浪人たちに近付いた。

「森岡平四郎だな……」

髭面の中年浪人が、嘲りを浮べて平四郎に問い質《ただ》した。

「ああ。俺に何の用だ……」

平四郎は、髭面の中年浪人を見据えた。

「死んで貰う」

髭面の中年浪人は、刀の柄《つか》を握り締めて身構えた。

他の浪人たちが刀を抜き払った。

「ふん。何処の馬鹿に雇われての所業か知らねえが、出来るものならやってみな……」

平四郎は嘯《うそぶ》いた。

「黙れ……」

若い浪人が、猛然と平四郎と清次に斬り掛かった。

平四郎は、若い浪人に大きく踏み込んで抜き打ちの一刀を放った。

抜き打ちの一刀は閃光となり、若い浪人の脇腹を斬り裂いた。

若い浪人は、血を振り撒《ま》いて前のめりに倒れた。

鮮やかな抜き打ちだった。

「見ての通り、容赦はしねえ」

平四郎は、嬉しそうに笑った。

「おのれ……」

髭面の中年浪人たちは、平四郎に猛然と殺到した。

平四郎は、容赦なく刀を唸《うな》らせて斬り結んだ。

砂利が弾け、血煙が舞い、刀を握る腕が宙に飛んだ。

痩《や》せた浪人は、斬られた腕の傷口から血を振り撒いて横倒しに倒れた。

髭面の中年浪人と大柄の浪人は怯《ひる》んだ。

「さあて、次は手前か……」

平四郎は楽しげに舌嘗《な》めずりをし、血に濡れた刀を大柄の浪人に向けた。

大柄の浪人は、恐怖に激しく顔を歪《ゆが》めて後退《あとずさ》りをし、猛然と逃げた。

「お、おのれ……」

髭面の中年浪人は一人残され、恐怖を滲《にじ》ませて後退りした。

「どうやら、これ迄のようだな……」

平四郎は嘲笑《ちょうしょう》し、血に濡れた刀に拭《ぬぐ》いを掛けて鞘《さや》に納めた。

「行くぜ……」

平四郎は、清次を促して下谷広小路に向かった。

髭面の浪人は、大きな吐息を洩らしながら見送るしかなかった。

雲海坊と由松は、雑木林から事の成行きを見守った。

「強いな……」

雲海坊は感心した。

「ええ……」

由松は喉を鳴らした。

「よし。行くぜ」

雲海坊と由松は、平四郎と清次を追った。


夕暮れ時が近付いていた。

平四郎と清次は、下谷広小路に出て三橋《みはし》を渡り、不忍池の畔を北に進んで仁王《におう》門前町《もんぜんちょう》に向かった。

谷中《やなか》の感応寺《かんのうじ》に行くのか……。

雲海坊と由松は、慎重に尾行た。

平四郎と清次は、仁王門前町から不忍池の畔を進み、東叡山寛永寺《とうえいざんかんえいじ》の西側の道を進んだ。

「このまま進めば谷中八軒町《はちけんちょう》、感応寺ですね」

由松は、平四郎と清次の行く先を読んだ。

「ああ……」

雲海坊は頷いた。

谷中八軒町は多くの寺が山門を連ね、感応寺門前にはいろは茶屋で名高い岡場所がある。

「賭場か岡場所。行き先はそんな処ですかね」

由松は睨んだ。

「きっとな。小料理屋のお多福から巻き上げた金で遊ぶのだろう」

雲海坊は苦笑した。

金を脅し取って賭場や岡場所で遊ぶ……。

旗本家の子弟の振る舞いではない。公儀に知れれば、旗本森岡家は只では済まない。

累は、親類である目付の榊原采女正にも及ぶかもしれないのだ。

雲海坊と由松は、目付の榊原采女正が久蔵に密かな探索を頼んだ腹の内を知った。

連なる寺は夜の闇と静寂に覆われていた。

平四郎と清次は、一軒の寺の裏手に廻った。

寺の裏手には土塀が続いていた。

平四郎と清次は、土塀沿いの小道を進んだ。そして、土塀の中程にある裏木戸の前に佇《たたず》んだ。

三下奴《さんしたやっこ》が、提灯《ちょうちん》を手にして裏木戸から出て来た。

清次が、三下奴に何事かを告げた。

三下奴は頷き、清次と平四郎を裏木戸内に誘《いざな》った。

清次と平四郎は、裏木戸内に入って行った。

雲海坊と由松は見届けた。

「どうやら博奕ですね」

「ああ……」

平四郎と清次は、寺の賭場に来たのだ。

「あっしが潜り込んでみますぜ」

「うん。気を付けてな……」

「承知……」

由松は、雲海坊を残して寺の裏木戸に向かった。

二

賭場は寺の離れにあり、男たちの熱気に溢《あふ》れていた。

由松は、知り合いの博奕打ちの名を使って賭場に入り、盆茣蓙《ぼんござ》を囲んでいる者たちに平四郎と清次を捜した。

平四郎と清次は、盆茣蓙の端に座って駒を張っていた。

大人しく博奕を楽しむのか、それとも何か企んでいるのか……。

由松は、次の間で用意された酒をすすりながら見守った。

僅かな時が過ぎた時、平四郎が清次に目配せをした。

清次は小さく頷いた。

「さあて、一息入れるか……」

平四郎は立ち上がり、由松のいる次の間に来て湯呑茶碗に酒を満たした。そして、戸口を窺いながら湯呑茶碗の酒を飲んだ。

誰かが来るのを待っているのか……。

由松は読んだ。
僅かな時が過ぎた時、着流しの侍が三下奴に誘われて来た。
平四郎は、眉間に険しさを浮べて湯呑茶碗の酒を飲み干した。
平四郎は、着流しの侍が来るのを待っていた……。
由松は、微《かす》かな緊張を覚えた。
平四郎は湯呑茶碗を置き、着流しの侍の前に立ちはだかった。
着流しの侍は戸惑った。
「加藤貢之助《かとうこうのすけ》だな……」
平四郎は問い質した。
「い、如何《いか》にも……」
加藤貢之助と呼ばれた着流しの侍は、微かな怯《おび》えを滲ませて頷いた。
「面、貸して貰おう」
平四郎は囁《ささや》いた。
加藤は、着物の裾《すそ》を翻して戸口に走った。
平四郎は追った。
由松は続こうとしたが、清次がいるのを思い出して躊躇《ためら》った。

外には雲海坊の兄貴がいる……。
由松は、清次の動きを見定める事にした。
清次が筵莫蓙の前から立ち上がり、平四郎に続いた。
由松は追った。

土塀沿いの小道は、月明かりに照らされていた。
雲海坊は木陰に潜み、寺の裏木戸を見張っていた。
着流しの侍が、裏木戸から足早に出て来た。
来たばかりの侍……。
雲海坊は、怪訝《けげん》な面持ちで着流しの侍を見守った。
「待て、加藤……」
平四郎が追って現れ、加藤と呼んだ着流しの侍の肩を摑《つか》んだ。
加藤は、平四郎に振向き態《ざま》の抜き打ちを浴びせようとした。
一瞬早く、平四郎は加藤の頰を張り飛ばし、尻を蹴飛ばした。
尻を蹴飛ばされた加藤は、刀の柄を握ったまま顔から無様に倒れた。
平四郎は、倒れた加藤に素早く馬乗りになり、刀を奪って腕を捩《ね》じ上げた。

加藤は、捩じ上げられた腕の痛みに呻《うめ》いた。

清次が駆け寄った。

「やっぱり来ましたね」

清次は、嘲りを浮べた。

「ああ。加藤、博奕を打つ金があるなら出して貰うぜ」

平四郎は、加藤を起こして羽交い締めにし、清次に目配せをした。

清次は頷き、加藤の懐から紙入れを取り出して平四郎に渡した。

平四郎は、加藤を突き放して立ち上がり、紙入れの中の金を確かめて懐に入れた。

「加藤、これで終わった訳じゃねえ。又、貰いに来るから用意しておくんだな」

平四郎は、冷たく告げて立ち上がり、清次と共に土塀沿いの小道を戻り始めた。

「お、おのれ……」

加藤は、悔《くや》しげに見送った。

雲海坊は、木陰から見守った。

「雲海坊の兄貴……」

由松が現れた。

「よし。平四郎と清次は俺が追う。由松、お前は加藤を頼む……」

「承知……」

由松は頷いた。

雲海坊は由松を残し、木陰伝いに平四郎と清次を追った。

加藤は立ち上がり、着物に付いた土を腹立たしげに払った。

由松は、加藤を見守った。


秋山屋敷門前は綺麗に掃き清められ、屋敷内から大助のはしゃいだ声が響いていた。

柳橋の弥平次は、開け放たれている表門から秋山屋敷内を窺った。

屋敷の前庭では、下男の太市が大助を肩車して遊んでいた。

「太市……」

弥平次は太市を呼んだ。

「あっ、親分。おはようございます」

太市は、大助を肩車したまま弥平次の許にやって来た。

「達者にしているか……」

「はい」

太市は、嬉しげに頷いた。

「大助さまもお変わりなく……」

弥平次は眼を細め、太市の肩に乗っている大助の頬を撫でた。

大助ははしゃいだ声をあげた。

「で、秋山さまは御出でになるかい」

「はい。今、お取り次ぎします」

「うん。頼んだよ」

太市は、大助を肩車したまま奥の庭に続く木戸を入って行った。

太市は、すっかり秋山家に馴染んでいる……。

弥平次は微笑んだ。


弥平次は、座敷に通された。

久蔵の妻の香織《かおり》が、弥平次に茶を持って来た。

「おはようございます、親分……」

「これは奥さま、おはようございます」

香織と弥平次は挨拶を交わした。

「どうぞ……」

香織は、弥平次に茶を差し出した。

「畏れいります……」

「おまきさんやお糸《いと》ちゃん、お変わりはありませんか……」

「お陰さまで達者にしております」

「そうですか。宜しくお伝え下さい」

「はい。申し伝えます」

弥平次は頷いた。

「やあ、柳橋の。待たせたな……」

久蔵が入って来た。

「それでは……」

香織は、弥平次に会釈をして退った。

「おはようございます」

「うむ。で、森岡平四郎の件か……」

「はい。昨日一日、雲海坊と由松が張り付いて様子を見ましてね……」

「何か分かったか……」

「平四郎は清次と云う遊び人と連んでいましてね。神田明神門前の小料理屋で金を脅し取り、御徒町《おかちまち》の御家人から金を奪ったとか……」

昨夜、平四郎と清次は加藤貢之助から金を奪った後、上野新黒門町《しんくろもんちょう》の場末の居酒屋で酒を飲んで別れた。そして、平四郎は、本郷壱岐殿坂の森岡屋敷に帰った。

雲海坊は見届けた。

由松は、着流しの侍の加藤貢之助を追った。そして、加藤が御徒町の組屋敷に帰るのを見届け、百俵取りの御家人だと突き止めて戻った。

「金を取られた小料理屋の主と御家人、どんな奴らなんだ」

久蔵は眉をひそめた。

「そいつは今、詳しく調べております。それから森岡平四郎、小料理屋から谷中の賭場に行く途中、不忍池の畔で得体の知れぬ浪人共に襲われたそうです……」

「ほう。で……」

「森岡平四郎、情け容赦なく蹴散らしたそうです。かなりの腕だとか……」

弥平次は、厳しさを過《よ》ぎらせた。

「そうか。何《いず》れにしろ森岡平四郎、今の処は絵に描いたような旗本の部屋住みの陸《ろく》でなし、無法者だな……」

久蔵は苦笑した。

本郷壱岐殿坂には行き交う人も少なく、武家屋敷街の静けさが漂っていた。

雲海坊と由松は、大名家江戸下屋敷の中間部屋から旗本森岡屋敷を見張った。

森岡屋敷は、主で平四郎の父親である頼母が無役であり、出仕する事もなく表門を閉じていた。

雲海坊と由松は、平四郎が動くのを待った。

弥平次は、幸吉《こうきち》と勇次に平四郎に金を取られた小料理屋『お多福』の主と御家人加藤貢之助を調べるように命じた。

神田明神門前の小料理屋『お多福』は、主で板前の長吉《ちょうきち》と女房で女将のおこんが営んでいた。

幸吉は、小料理屋『お多福』の周辺に聞き込みを掛けた。

小料理屋『お多福』は、由松が聞き込んだ通り、一見の客には勘定をぼり、余り評判は良くなかった。

良くない評判の中には、客に素人女を世話していると云うものもあった。

「客に素人女を世話している……」

幸吉は眉をひそめた。

「ああ。女将のおこんと一緒にな……」

蕎麦《そば》屋の中年の亭主は、斜向かいの小料理屋『お多福』を一瞥《いちべつ》して苦笑した。

「ま、素人女も金に困っての事だろうが、真っ当じゃあねえや」

「そうだな……」

小料理屋『お多福』は、金に困っている素人女が客を取る世話をし、かなりの口利き料を取っているのかもしれない。

平四郎が『お多福』から金を取ったのはその辺りと拘《かか》わりがあるのか……。

幸吉は聞き込みを続けた。


下谷御徒町の北には、不忍池から流れている忍川《しのぶがわ》があり、三枚橋が架かっている。

百俵取りの御家人・加藤貢之助の組屋敷は、忍川に架かっている三枚橋の傍にあった。

船頭の勇次は、一帯の組屋敷の奉公人や物売りに聞き込みを掛けた。

加藤貢之助は小普請組《こぶしんぐみ》であり、年老いた母親と妻がいた。そして、毎日やる事もなく出歩いていた。

「そりゃあ、お袋さんと奥方が狭い家の中で角を突き合わせていりゃあ、出掛けたくもなるさ」

盆栽の手入れをしていた御家人の隠居は、裏手にある加藤屋敷を嘲笑を浮べて眺めた。

「へえ、加藤さまの大奥さまと奥方さま、仲が悪いのですか……」

「まあ、大方の家の嫁と姑《しゅうとめ》は多かれ少なかれ仲が悪いのが相場だが、加藤の家の仲の悪さは格別だな……」

「そんなに酷《ひど》いので……」

勇次は戸惑った。

「ああ、それで加藤は、屋敷にいたたまれなくなって用もないのに出掛ける。だが、出掛けた処で金はない。ま、飲み屋で酒代を値切っている間は良いが、その内に踏み倒し、強請《ゆすり》にたかり。挙げ句の果てには賭場通い。他にもどんな悪さをしているのやら。評判は悪くなるばかりだ……」

隠居は苦笑した。

加藤貢之助の評判は、決していいものではなかった。

「そうですか……」

勇次は眉をひそめた。

「ま、お前の店の付けの取立ても中々難しいだろうな……」

隠居は、勇次を哀れんだ。

勇次は、居酒屋の付けの取立て屋を装って聞き込みを掛けていた。

「ええ。下手にしつこく取立てると危ないかもしれませんね」

「うむ。剣の修行も満足にしちゃあいねえ鈍《なまくら》だが、追い込まれると何を為出《しで》かすか分かりゃあしねえ。ま、気を付けるに越した事はないだろうな」

隠居は、真顔で告げた。

「良く分かりました。いろいろ御造作をお掛け致しました」

勇次は、隠居に礼を述べて加藤屋敷の表に廻った。

加藤屋敷に変わった様子はなかった。

勇次は、路地に潜んで加藤屋敷を見守った。

僅かな時が過ぎ、加藤屋敷の木戸門から着流し姿の武士が現れた。

加藤貢之助……。

勇次は見定めた。

加藤は、腹立たしげに屋敷を振り返り、忍川の流れ沿いを下谷広小路に向かった。

勇次は追った。


森岡屋敷から平四郎は現れず、清次が来る事もなかった。

雲海坊と由松は、大名家江戸下屋敷の中間部屋から見張り続けていた。

森岡屋敷の表門脇の潜り戸が開いた。

雲海坊と由松は、緊張を浮べて開いた潜り戸を見詰めた。

平四郎が現れた。

「由松……」

「承知……」

雲海坊と由松は、急いで中間部屋を出た。

森岡平四郎は、屋敷を出て本郷の通りに向かっていた。

「雲海坊の兄貴、あっしが先に行きます」

「ああ。無理は禁物だぜ」

「承知……」

由松は小さく笑い、平四郎を追った。

雲海坊は、平四郎を追う由松を見据えて続いた。

本郷の通りに出た平四郎は、湯島《ゆしま》に向かった。

由松は追った。

平四郎は、湯島一丁目から明神下の通りに出た。そして、神田川に架かる昌平《しょうへい》橋《ばし》に進んだ。


神田川の流れは煌《きら》めいていた。

平四郎は、昌平橋を渡って神田八《や》ッ小路《こうじ》に入った。

由松は、続いて昌平橋を渡ろうとした。

平四郎が、不意に立ち止まって振り返った。

由松は、微かに狼狽《うろた》えた。

立ち止まれば尾行がばれる……。

由松は、狼狽を懸命に隠して昌平橋を渡り、神田川沿いの柳原《やなぎわら》通りに向かった。

平四郎は、尾行て来る者はいないと見定めて八ッ小路を横切り、神田連雀《れんじやく》町《ちよう》の通りに進んだ。


雲海坊は由松に代わり、神田連雀町の通りを行く平四郎を慎重に尾行た。

由松の尾行は、危うく露見する処だった。だが、由松は辛うじて躱《かわ》し、尾行は気付かれずに済んだ。

雲海坊は、平四郎との間を詰めて尾行した。

平四郎は、連雀町から雉子町《きじちよう》に進んで新小田原町《しんおだわらちよう》の通りを鎌倉河岸《かまくらがし》に向かった。

何処に行く……。

雲海坊は追った。

「兄貴……」

由松が路地から現れ、雲海坊の背後に付いた。

「良く分かったな……」

「陽に焼けた破れ饅頭笠《まんじゅうがさ》の托鉢坊主、近頃は少なくなりましたからね……」

由松は、平四郎より雲海坊を捜して辿《たど》り着いていた。

「人を尾行るには、そろそろ目立ち過ぎるのかもな……」

雲海坊は苦笑した。

「でも、目立つ恰好で人を尾行る奴も滅多にいませんよ」

由松は笑った。

「だから、尾行ているとは思わねえか……」

「ええ。処で何処に行くんですかね……」

由松は、先を行く平四郎を示した。

「このまま行けば突き当たりは鎌倉河岸、手前の三河町一丁目辺りかもな……」

雲海坊は、平四郎の行き先を読んだ。

鎌倉河岸は、既に荷揚げ荷下ろしを終えていた。

平四郎は鎌倉河岸に出た。

鎌倉河岸の船着場に清次が佇んでいた。

「やあ。待たせたな……」

「いいえ」

清次は、鋭い眼差しで平四郎の背後を窺った。

尾行て来たと思われる者はいない……。

清次は見定めた。

「気になる奴がいたが、どうやら違った……」

平四郎は、清次の油断のなさに神田八ッ小路を柳原通りに行った若い男を思い出した。

「そうですかい……」

「で、常吉《つねきち》とおきよたち姉弟に変わりはないのか……」

「ええ。常吉は胃の腑の病でまた痩せ衰えていましたが、おきよと弟の新吉《しんきち》は達者にしていますよ」

「そうか……」

「ええ……」

清次は頷いた。

「よし……」

平四郎は、清次と共に三河町一丁目に向かった。

雲海坊と由松は、物陰から三河町一丁目に向かう平四郎と清次を見守った。

「清次と待ち合わせて何処に行くんですかね」

由松は首を捻った。

「とにかく追ってみよう……」

雲海坊は、平四郎と清次を追った。

由松が続いた。


三河町一丁目の裏通りには、木戸に古く小さな稲荷《いなり》堂のある長屋があった。

平四郎と清次は、長屋の奥の家の腰高障子を叩《たた》いた。

腰高障子が開けられた。

平四郎と清次は、素早く奥の家に入った。

雲海坊と由松は、木戸の外から見守った。

「腰高障子、誰が開けたか見えましたかい」

「いいや……」

雲海坊は眉をひそめた。

僅かな時が過ぎた。

奥の家の腰高障子が開き、平四郎と清次が出て来た。そして、十三歳程の少女が見送りに出て来た。

雲海坊と由松は、微かな戸惑いを覚えた。

三

平四郎と清次は、十三歳程の少女に見送られてお稲荷長屋を立ち去った。

少女は、深々と頭を下げて見送り、奥の家に戻った。

「どうします……」

由松は、雲海坊の指示を仰いだ。

「お前は面が割れているかもしれねえ。俺が追う。あの娘を頼むぜ……」

「承知……」

由松は頷いた。

雲海坊は、由松を残して平四郎と清次を追った。

由松は雲海坊を見送り、少女の入った長屋の奥の家を見詰めた。

神田明神門前の小料理屋『お多福』の主で板前の長吉は、店を出て明神下の通りから不忍池に抜けた。

幸吉は尾行た。

長吉は、不忍池の畔から下谷広小路に進み、山下に向かった。

入谷《いりや》に行くのか……。

幸吉は睨み、長吉を追った。

山下を抜けた長吉は、幸吉の睨み通り入谷に入った。

入谷鬼子母神《きしもじん》の横手の道を進むと緑の田畑が広がり、百姓家が点在している。

長吉は、田畑の間の田舎道を進んで一軒の古い百姓家に入って行った。

誰が住んでいる百姓家なのか……。

幸吉は、古い百姓家を窺った。

古い百姓家の庭は荒れており、雨戸も閉められていた。

空き家……。

幸吉はそう思った。だが、長吉が入って行き、未だ出て来ていないのは誰かが住んでいるからなのだ。

どんな奴が住んでいるのか……。

幸吉は、古い百姓家の周囲の田畑を見廻した。

田畑の緑は微風に揺れ、野良《のら》仕事をしている百姓の姿が見えた。

幸吉は、野良仕事をしている百姓の許に走った。


下谷広小路の手前、下谷町一丁目の場末に飲み屋はあった。

場末の飲み屋は、屋台を取り囲むように葦簀《よしず》が廻されていた。

加藤貢之助は、葦簀囲いの飲み屋の縁台に腰掛け、欠け茶碗に注がれた安酒を惜しむように飲んでいた。

勇次は、葦簀囲いの外から加藤の様子を窺っていた。

加藤は、欠け茶碗に残った僅かな酒を飲み干した。

「親父、酒だ……」

加藤は、酔った眼で飲み屋の亭主を見据えて空の欠け茶碗を差し出した。

「一杯十文だ……」

飲み屋の無精髭《ぶしょう》の親父は、加藤を厳しい眼で見返した。

「後だ。後で払う……」

「駄目だ。酒は金と引き替えだ」

親父は、冷たく告げて背を向けた。

「おのれ……」

加藤は、両袖の中を探って数枚の文銭を取り出し、飯台に並べた。

「親父、これで頼む……」

加藤は、親父に手を合せた。

「これなら半分だ」

親父は、手桶の酒を柄杓《ひしやく》で汲《く》み、加藤の欠け茶碗に注いだ。

加藤は、欠け茶碗を両手で持って嬉しそうに酒をすすった。

勇次は、呆れながらも見張り続けた。


浜町堀《はまちようぼり》には屋根船が行き交い、三味線の爪弾《つまび》きが洩れていた。

平四郎と清次は、神田三河町のお稲荷長屋を出て、神田堀沿いに東に進んだ。

そのまま進めば、浜町堀になり両国広小路《りようごくひろこうじ》になる。だが、平四郎と清次は、浜町堀を南に曲がった。

雲海坊は、充分な距離を取って慎重に尾行した。

何処に何をしに行く……。

雲海坊は、微かな苛立《いらだ》ちを覚えて僅かに距離を詰めた。

平四郎と清次は、浜町堀の堀端を進んだ。

浜町堀に架かっている緑橋や汐見橋《しおみばし》を過ぎ、千鳥橋《ちどりばし》に差し掛かった。

平四郎と清次は、浜町堀に架かる千鳥橋を渡り、橘《たちばな》町一丁目にある扇屋『薫風堂《くんぷうどう》』の暖簾《のれん》を潜った。

雲海坊は見届けた。

平四郎と清次は、扇屋『薫風堂』に何しに来たのか……。

雲海坊は、平四郎と清次が扇屋『薫風堂』を訪れた用件を探ろうとした。

お稲荷長屋の奥の家に住んでいるのは、大工の常吉と子供のおきよ・新吉の三人だった。

「へえ、父親と子供二人の三人家族か……」

「ああ……」

三河町一丁目の木戸番は頷いた。

「父親の常吉さん、稼業は大工だったね」

「ああ。だけど二年前から胃の腑の病で寝たっきりだよ。気の毒に……」

木戸番は、常吉に同情した。

「胃の腑の病……」

由松は戸惑った。

「ああ。子供二人抱えて大変だよ」

「おかみさん、どうしたんだい」

由松は、怪訝な面持ちで尋ねた。

「そいつが去年の暮れ、おかみさんのおまつさん、鎌倉河岸に土左衛門《どざえもん》で浮かんでな……」

木戸番は眉をひそめた。

「土左衛門で浮かんだ……」

由松は、厳しさを過ぎらせた。

「ああ。おまつさん、昼間はお店の通い奉公、夜は飲み屋の手伝いをして金を稼いでいたんだがね。帰りに酔った足でも滑らせたのか……」

常吉の女房のおまつは、飲み屋の手伝いをして夜道を帰る途中、鎌倉河岸から外濠《そとぼり》に転落して死んでいた。

「で、夜、おかみさんが手伝っていた飲み屋ってのは、何処の何て店だい」

「さあ、そこ迄は……」

木戸番は首を捻った。

「そうか……。それにしても、おかみさんが亡くなり、病のお父っつぁんと子供たちだけなら、暮らしは大変だな……」

由松は眉をひそめた。

「ああ。そうなんだよなあ……」

木戸番は、お稲荷長屋の方を心配そうに眺めた。

平四郎と清次は、そうした常吉の家に何しに来たのか。

何かが潜んでいる……。

由松の疑念は募った。

入谷の古い百姓家は空き家であり、松本建一郎《まつもとけんいちろう》と云う食詰め浪人たちが棲み着いていた。

小料理屋『お多福』の主の長吉は、食詰め浪人たちに用があって訪れた。

幸吉は知った。

長吉の食詰め浪人たちへの用とは何か……。

幸吉は、不忍池の畔で平四郎と清次を襲った浪人たちの話を思い出した。

百姓家に棲み着いている浪人共は、平四郎と清次を襲った者共なのかもしれない。だとしたら、平四郎と清次を襲った浪人共の背後に潜んでいるのは、小料理屋『お多福』の長吉と云う事になる。

小料理屋『お多福』の長吉は、素人女を客に世話しているだけではなく、他にも胡散《うさん》臭い処があるようだ。

平四郎と長吉が争っているとしたら、悪《わる》同士の下らない喧嘩なのかもしれない。

幸吉は、想いを巡らせた。

長吉が、古い百姓家から出て来た。

幸吉は、木立の陰に潜んだ。

長吉は来た道を戻り、鬼子母神に向かって行った。

長吉を追うか、このまま食詰め浪人たちを見張るか……。

幸吉は迷った。

髭面の浪人が、古い百姓家から出て来た。

幸吉は、咄嗟《とっさ》に物陰に隠れた。

髭面の浪人は、井戸端で諸肌《もろはだ》脱ぎになって顔を洗い、身体を拭き始めた。

野郎が松本建一郎なのか……。

幸吉の迷いは消えた。

風が吹き、田畑の緑は大きく揺れた。


葦簀囲いの飲み屋を追い出された加藤貢之助は、酔った足取りで下谷町一丁目から下谷広小路に向かった。

勇次は尾行た。

加藤は、下谷広小路の賑わいを酔った足取りで進んだ。

大店《おおだな》の旦那風の初老の男が、連れの男と話をしながら加藤と擦れ違った。

加藤は、擦れ違った初老の男の勢いに吹かれたのか、激しくよろめいて無様に倒れた。

周りにいた者たちは驚き、そして倒れた加藤の無様さに苦笑した。苦笑した者の中には、擦れ違った初老の男もいた。

勇次は見守った。

加藤は起き上がり、恥ずかしさに激怒した。

「おのれ、その方……」

加藤は、擦れ違った初老の男を睨み付けた。

初老の男は、連れの男と戸惑いながら顔を見合わせた。

「て、手前にございますか……」

「そうだ。武士を突き飛ばすとは何たる無礼。そこに直れ、手討ちにしてくれる」

加藤は怒りに声を震わせ、刀を抜き払った。

酔いに震える白刃は、陽差しに煌めいた。

周りにいた人々は騒めき、恐ろしげに後退りをした。

勇次は、懐の中の萬力鎖《まんりきぐさり》を握り締めた。

初老の男と連れの男は驚き、凍《い》て付いた。

加藤は、初老の男に刀を突き付けた。

「お、お許しを……」

初老の男は、土下座をして詫びた。

「いいや。許さぬ……」

加藤は、怒りに醜く顔を歪めていた。

「お願いでございます。お許しを……」

初老の男は、地面に額を擦り付けて詫びた。

「御武家さま、どうかこれでお許しを……」

連れの男が、慌てて小判を紙に包んで加藤に差し出した。

「なに、これで許せとな……」

加藤は紙包みを引ったくり、中の小判を見定めて下卑《げび》た笑みを浮べた。

「どうか、どうか、お許しを……」

初老の男は懸命に頼んだ。

「行け……」

加藤は、刀を下ろした。

初老の男と連れの男は、遠巻きにしている人々を掻き分け、転げるように駆け去った。

見ていた人々は、加藤に嫌悪と蔑《さげす》みの一瞥を与えて散った。

加藤は、刀を鞘に納めた。

勇次は安堵の吐息を洩らし、懐の萬力鎖から手を離した。

加藤は、紙に包まれた小判を握り締めて不忍池に向かった。

みっともねえ侍だ……。

勇次は、腹立たしさを覚えながら加藤を追った。


橘町の扇屋『薫風堂』では、奉公人たちが忙しく客の相手をしていた。

平四郎と清次は、未だ出て来ていなかった。

雲海坊は、見張りを続けた。

平四郎と清次が、羽織を着た若い男に押されるように扇屋『薫風堂』から出て来た。

羽織を着た若い男は、形《なり》から見て扇屋『薫風堂』の若旦那……。

雲海坊は睨んだ。

若旦那は、平四郎と清次を浜町堀に架かる千鳥橋の袂《たもと》に連れて行き、深々と頭を下げた。

平四郎は冷笑を浮べ、若旦那に何事かを告げた。

若旦那は怯えを滲ませて頷き、懐から小さな紙包みを出して平四郎に差し出した。

平四郎は、紙包みを開いた。

紙包みの中の物は僅かに煌めいた。

小判だ……。

雲海坊は、平四郎が扇屋『薫風堂』の若旦那から金を脅し取ったのを知った。

平四郎は、紙包みの小判を懐に入れ、清次を促して両国広小路に向かった。

若旦那は、千鳥橋の欄干《らんかん》に両手をついて疲れ果てたように項垂《うなだ》れた。

雲海坊は、平四郎と清次を追った。

又、強請を働いた……。

雲海坊は、両国広小路に進む平四郎と清次を追った。


陽は西に沈み始めた。

髭面の浪人・松本建一郎は、若い浪人を連れて夕陽に覆われた田畑を抜けて浅草に向かった。

何処に行く……。

幸吉は追った。

松本と若い浪人は、金龍山浅草寺《きんりゅうざんせんそうじ》の裏を通って浅草聖天町《しょうでんちょう》に出た。そして、聖天町の裏通りにある剣術の町道場に入った。

剣術道場……。

幸吉は見届け、剣術道場がどのような処か聞き込みを掛けた。

夜の闇は静かに辺りを包んでいった。


月影は大川に映え、流れに揺れていた。

船宿『笹舟』の座敷では、訪れた久蔵と弥平次が酒を飲んでいた。

弥平次は、久蔵に雲海坊や幸吉たちが報《しら》せて来た事を話した。

「今度は扇屋の若旦那を強請ったか……」

久蔵は苦笑した。

「ええ。雲海坊から報せがありましてね。まるで借金の取立て屋のようですね」

弥平次は呆れていた。

「ああ。それにしても、森岡平四郎に強請られている小料理屋の長吉や御家人の加藤貢之助も真っ当じゃあねえか……」

久蔵は、厳しさを過ぎらせた。

「ええ。強請られるだけの後ろ暗さはありそうです。それから、長吉は入谷の食詰め浪人と連んでいましてね……」

「不忍池で平四郎を襲った得体の知れねえ浪人共かな……」

久蔵は読んだ。

「おそらく……」

弥平次は頷いた。

「だったら又、平四郎の命を狙うかもしれねえか……」

「はい……」

「ま、悪同士の殺し合いなら、やらせておけばいい……」

久蔵は笑った。

「それから由松からの報せなんですがね。平四郎と清次、一軒だけ強請と拘わりのない処を訪れていましてね」

「ほう。そいつは何処だ……」

「三河町の裏長屋でしてね。胃の腑の長患いで寝込んでる大工が娘や倅《せがれ》と住んでいる家だそうです」

「娘と倅、歳は幾つだい……」

「娘は十二、三歳。倅は五、六歳だそうです」

「病人と子供じゃあ、強請の相手でないのは確かだな」

「ええ……」

「大工の女房、子供の母親はどうしたんだ」

「そいつが去年の暮れ、鎌倉河岸から外濠に落ちて死んだそうです」

「外濠に落ちて死んだ……」

久蔵は眉をひそめた。

「はい……」

弥平次は、久蔵を見詰めて頷いた。

「どうして落ちたか、分かっているのか……」

「おまつ、死んだ女房ですが、昼間はお店の通い奉公をしており、夜は時々、飲み屋の手伝いをしていたそうでしてね。酒に酔っての帰り道、足を滑らせたのだろうと……」

弥平次は、おまつを哀れんだ。

「柳橋の。おまつが死んだのは去年の暮れだったな」

「はい。月番は北の御番所です……」

「うむ。で、おまつが時々手伝っていた飲み屋ってのは、何処の何て店だ」

「そいつは今、由松が探っております」

「そうか……」

久蔵は、厳しさを滲ませた。

「秋山さま……」

弥平次は、厳しさを浮べた久蔵に微かな戸惑いを浮べた。

「柳橋の。森岡平四郎の強請たかり、ひょっとしたらおまつの死に拘わりがあるのかもしれねえな」

久蔵は睨んだ。

「おまつの死に……」

弥平次は戸惑った。

「ああ。柳橋の、先《ま》ずはおまつが時々手伝っていた飲み屋だ。それに長吉や加藤貢之助たちと拘わりがあったかだ……」

久蔵は、猪口に満たされた酒を飲み干した。

櫓《ろ》の軋《きし》みが、夜の大川に甲高く響き渡った。

本郷壱岐殿坂は役目に就いている者たちの出仕の時も過ぎ、行き交う者たちは途絶えた。

四

雲海坊は、大名家江戸下屋敷の中間部屋から森岡屋敷を見張っていた。

昨日、平四郎は清次と共に湯島天神門前の蕎麦屋で酒を飲んだ。そして、清次と別れて本郷壱岐殿坂の森岡屋敷に戻った。

雲海坊は見届け、船宿『笹舟』に戻って弥平次に報せ、朝から再び森岡屋敷の見張りに付いた。

「雲海坊の兄い……」

中間頭の善造が、中間部屋に入って来た。

「なんだい、善造さん……」

「胡散臭い野郎共が、森岡屋敷を見張っているぜ……」

雲海坊は、善造の報せに窓の外を見廻した。だが、善造の云う胡散臭い野郎の姿は見えなかった。

「潜んでいるのは、隣の旗本屋敷との間の路地だ」

中間部屋の窓から、隣の旗本屋敷との間の路地は見えない。

「胡散臭い野郎共、どんな奴だい……」

「派手な半纏を着た野郎と若い浪人だよ」

不忍池の畔で、平四郎たちを襲った浪人の仲間かもしれない。

雲海坊は睨んだ。

森岡屋敷から平四郎が出て来た。

雲海坊は、大名家江戸下屋敷の中間部屋を出た。

平四郎は、本郷の通りに向かっていた。そして、派手な半纏を着た男と若い浪人が、平四郎の後を追って行った。

胡散臭い野郎共……。

雲海坊は、平四郎を追う派手な半纏を着た男と若い浪人に続いた。


神田三河町一丁目のお稲荷長屋は、おかみさんたちの洗濯とお喋《しゃべ》りも終わり、静かな時を迎えていた。

由松は、木戸の陰から奥の家を見張っていた。

奥の家の腰高障子が開き、おきよと幼い男の子が洗濯物を抱えて井戸端に出て来た。

おきよと弟の新吉……。

由松は見守った。

おきよは、盥《たらい》に水を汲んだ。

「新吉、お父っつぁんの傍にいな……」

「うん……」

新吉は家に戻った。

おきよは、洗濯を始めた。

由松は、井戸端で洗濯をするおきよを見守った。

「あの子がおきよか……」

久蔵の声が背後からした。

由松は振り返った。

着流しの久蔵が、塗笠をあげておきよを見ていた。

「こりゃあ秋山さま……」

「御苦労だな……」

「いえ……」

「健気なものだな……」

久蔵は、井戸端で洗濯をするおきよを見詰めた。

「はい。長患いの父親と幼い弟の面倒をみて、感心しますよ……」

由松は頷いた。

「大工の常吉一家の事は柳橋から聞いた。で、女房のおまつ、夜は何処の飲み屋を手伝っていたのか分かったか……」

「そいつが未だ……」

「そうか……」

「通いの下女働きをしていた神田鍋町《なべちょう》の呉服屋の朋輩《ほうばい》や、近所の居酒屋なんかに尋ね歩いたんですが皆目……」

由松は、申し訳なさそうに首を横に振った。

「そうか……」

「後は、おきよちゃんに訊くしかないかもしれません……」

由松は、吐息混じりに告げた。

「そいつはどうかな……」

「秋山さま……」

「母親が病の亭主と自分たち子供を抱え、形振《なりふ》り構わず必死に金を稼いでいた姿を思い出させるのは辛い話だ……」

「ええ。ですが……」

「由松、そいつは最後の最後だ。それより小料理屋のお多福に拘わりはねえかな……」

「お多福ですか……」

「ああ……」

久蔵は、厳しい面持ちで頷いた。

「秋山さま、まさか……」

由松は、顔を強張《こわば》らせて言葉を飲んだ。

「由松、お多福は客に素人女を世話するんだったな……」

「は、はい……」

由松は、久蔵の読みに気付いた。

「処で常吉とおきよたちは、おまつが死んでから暮らしの掛かりはどうしているんだ」

「暮らしの掛かりですか……」

由松は戸惑った。

「ああ……」

「そう云えば、病の父親と子供が二人、稼いでいる様子はありませんね」

「だったら、暮らしの掛かり、どうしているのかな……」

久蔵は小さく笑った。


本郷の通りに出た森岡平四郎は、ゆったりとした足取りで湯島に向かっていた。

派手な半纏を着た男と若い浪人は、慎重な足取りで平四郎を尾行ていた。

下手な尾行だ……。

雲海坊は、派手な半纏を着た男と若い浪人の尾行を品定めしながら続いた。

平四郎は、湯島の学問所の裏を抜けて神田明神の鳥居を潜った。

派手な半纏の男と若い浪人は、平四郎に続いて鳥居を潜った。

雲海坊は続いて鳥居を潜ろうとし、咄嗟に立ち止まった。

鳥居の陰から清次が現れ、派手な半纏の男と若い浪人を追った。

尾行は見破られていたのか……。

雲海坊は思わず背後を振向き、不審な者がいないのを見定めて続いた。

平四郎は、拝殿に進んで手を合わせた。

派手な半纏の男と若い浪人は、灯籠《とうろう》の陰から見守った。

清次は、平四郎の隣りに並んだ。

「二人か……」

平四郎は、手を合わせたまま囁いた。

「ええ。派手な半纏を着た野郎と若い浪人……」

清次は、拝殿を見詰めて手を合わせた。

「長吉の野郎……」

平四郎は苦笑した。

「どうします」

「追い払って逆を取る」

平四郎と清次は拝殿を見詰め、手を合わせたまま囁き合った。

「承知……」

平四郎と清次は、参拝を終えて左右に分かれた。

打ち合わせをした……。

雲海坊は見守った。


平四郎は、拝殿の裏に廻って素早く物陰に隠れた。

追って来た派手な半纏を着た男と若い浪人は戸惑った。

刹那《せつな》、物陰から平四郎が現れ、派手な半纏を着た男を蹴り飛ばした。

派手な半纏を着た男は、短い悲鳴をあげて地面に倒れ込んだ。

若い浪人は驚いた。

平四郎は、驚いた若い浪人を張り飛ばした。

若い浪人は、倒れそうになるのを必死に堪《こら》えた。

「尾行るのなら、もっと上手く尾行るんだな」

平四郎は、派手な半纏を着た男と若い浪人に嘲笑を浴びせて拝殿前に戻って行った。

「秀次郎《ひでじろう》さん……」

「金八《きんぱち》……」

「どうします」

金八と呼ばれた派手な半纏を着た男は、立ち上がって着物に付いた土を払った。

「追うしかない……」

秀次郎と呼ばれた若い浪人は、悔しげに血唾を吐いて平四郎を追った。

金八が続いた。


秀次郎と金八は、平四郎を追って拝殿前に戻った。

賑わいに平四郎の姿は見えなかった。

「捜せ、金八……」

秀次郎と金八は、参拝客の中に平四郎を捜した。だが、平四郎は何処にもいなかった。

「おのれ……」

秀次郎は立ち尽くした。

雲海坊は見届けた。

秀次郎と金八は、悄然《しょうぜん》とした面持ちで神田明神を出た。

清次が参拝客の中から現れ、秀次郎と金八の尾行を開始した。

平四郎が現れ、清次に続いた。

逆に尾行て、浪人たちの住処《すみか》を突き止めるつもりだ……。

雲海坊は、平四郎と清次の狙いを読んで慎重に追った。

秀次郎と金八は、明神下の通りに出て不忍池に向かった。

清次は尾行《つ》け、平四郎が追って明神下の通りに出た。

雲海坊が、続いて明神下の通りを不忍池の方に曲がった。

「雲海坊……」

着流し姿の侍が、背後から雲海坊に並んで塗笠をあげて己の顔を見せた。

「秋山さま……」

雲海坊は、久蔵と由松に気付いた。

「奴が森岡平四郎だそうだな……」

久蔵は、雲海坊の追う若い侍が森岡平四郎だと由松から既に聞いていた。

「はい。奴の前に清次がいましてね。秀次郎って若い浪人と、派手な半纏を着た金八と云う奴を尾行ています」

雲海坊は報せた。

「秀次郎と金八……」

久蔵は眉をひそめた。

「ええ。森岡屋敷を見張り、出て来た平四郎を尾行たのですが、見破られて逆を取られたって訳ですよ」

「そいつは面白い。由松、お多福に行くのはその後だな」

久蔵は、背後を来る由松に告げた。

「はい。じゃあ、あっしは若い浪人と派手な半纏を着た野郎に張り付きます」

由松は、前を行く雲海坊と久蔵に告げた。

「ああ、頼む……」

雲海坊は頷いた。

「じゃあ……」

由松は、明神下の通りから裏通りに走った。

久蔵と雲海坊は、不忍池に進む平四郎を追った。

秀次郎と金八は、不忍池から下谷広小路に抜けて入谷に向かった。

清次が尾行し、平四郎が続いた。

秀次郎と金八は、清次の巧妙な尾行に気付かず進んだ。

久蔵と雲海坊は、前後を入れ替わりながら巧みに平四郎を追った。

秀次郎と金八は入谷に入り、鬼子母神の横手の道を進んだ。そして、緑の田畑の中にある古い百姓家に入った。

清次は見届けた。


由松は、古い百姓家と清次が見える木陰に潜んだ。

「由松……」

幸吉が、木陰の由松の許に現れた。

「幸吉の兄貴……」

「ああ。森岡平四郎かい……」

幸吉は、清次の許に駆け寄る平四郎を示した。

「ええ。それから秋山さまと雲海坊の兄貴が奴を追って来ます」

「秋山さまが……」

幸吉は、やって来た久蔵と雲海坊を迎えた。

「おう。幸吉……」

「はい。御苦労さまにございます」

「此処は……」

久蔵は、古い百姓家を示した。

「お多福の長吉と拘わりのある食詰め浪人共が蜷局《とぐろ》を巻いていますよ」

幸吉は苦笑した。

田畑の緑は、風を受けて波打つように左右に大きく揺れていた。

平四郎と清次は、古い百姓家を窺った。

「二人の他にどんな奴らがいるのか……」

清次は眉をひそめた。

「なあに、何人いようが叩き斬ってやる」

平四郎は、自信に満ちた笑みを浮べた。

「大丈夫ですかい……」

「ああ。食詰め浪人共を片付ければ、長吉の野郎も大人しくなるだろう」

「そりゃあもう、きっと……」

清次は頷いた。

「よし。斬り込む……」

平四郎は、刀の下げ緒を襷《たすき》にし、股立《ももだ》ちを取った。

「平四郎さま……」

清次は、心配を過ぎらせた。

「清次、心配無用だ」

平四郎は、古い百姓家に向かった。

古い百姓家の板戸が開き、秀次郎たち浪人と金八が出て来て平四郎を取り囲み、刀を抜いた。そして、髭面の松本建一郎が現れた。

「何用だ……」

松本は怒鳴った。

「問答無用……」

平四郎は刀を抜き、松本と秀次郎たち浪人に猛然と斬り掛かった。

秀次郎が、血煙をあげて仰《の》け反《ぞ》り倒れた。

平四郎は、返す刀で浪人の一人を斬った。

一瞬の出来事だった。

松本たち浪人は、平四郎の鮮やかな剣の腕に怯んだ。

「次は誰だ……」

平四郎は楽しげな笑みを浮べ、血に濡れた刀を振った。

空を斬る短い音が鳴り、切っ先から血の雫《しずく》が飛んだ。

金八が恐怖に激しく震え、喚《わめ》き声をあげて逃げた。

三人の浪人が、金八の恐怖の喚き声に釣られたように逃げた。

松本は一人残り、激しく狼狽えた。

「無駄な金を払ったな……」

平四郎は笑った。

「果たしてそうかな……」

総髪の武士が、古い百姓家から出て来た。

平四郎は眉をひそめた。

「望月《もちづき》どの……」

松本は、総髪の武士を望月と呼んだ。

「神道無念流、確《しか》と見せて貰った……」

望月は、刀を抜いて青眼に構えた。

平四郎は対峙した。
今迄の浪人とは違う……。
平四郎は、微かな戸惑いを覚えた。
望月は冷笑を浮べ、平四郎に向かって踏み込んだ。
違う……。
望月の剣の腕は、松本たちとは格段に違っていた。
平四郎は、思わず後退した。
望月は追って踏み込み、平四郎に鋭く斬り掛かった。
平四郎は踏み止まり、斬り掛かって来る望月に横薙《な》ぎの一刀を放った。
望月の青眼からの一太刀と、平四郎の横薙ぎの一刀が輝きとなって交錯した。
平四郎は左肩を斬られ、血を滲ませて片膝を突いた。
「お、おのれ……」
平四郎は、血の滲む左肩を押え、刀を杖に立ち上がろうとした。
「口ほどにもない……」
望月は嘲笑を浮べ、立ち上がろうとする平四郎に刀を振り翳《かざ》した。
「平四郎さま……」

清次は、嗄《か》れた声を震わせた。

望月は、満面に残忍な笑みを浮べて刀を斬り下ろそうとした。

刹那、拳大の石が唸りをあげて望月の顔面に飛来した。

望月は咄嗟に躱した。

久蔵が駆け寄り、平四郎を後ろ手に庇《かば》って立った。

「何だ、おのれは……」

松本は狼狽えた。

「俺か、俺は南町奉行所吟味方与力の秋山久蔵って者だ……」

久蔵は笑い掛けた。

「か、剃刀《かみそり》久蔵……」

松本と望月は、久蔵の名を知っていたらしく激しく動揺した。

「秋山久蔵……」

平四郎と清次は困惑した。

幸吉、雲海坊、由松が現れ、左肩を斬られた平四郎を抱き上げて退いた。

松本と望月は、追い掛けようとした。

久蔵は立ちはだかった。

「退け、邪魔するな」

「松本、手前、お多福の長吉に金で雇われていろいろ使いっ走りをしているそうだな……」

「黙れ……」

松本は、久蔵に斬り付けた。

久蔵は僅かに腰を沈め、抜き打ちの一刀を鋭く放った。

血が飛んだ。

松本は太股《ふともも》を斬られ、激しい勢いで転がり倒れた。

「おのれ……」

望月は、久蔵との間合に踏み込んで間断なく斬り掛かった。

久蔵は、望月の鋭い斬り込みに後退した。

草が千切れ、小石が弾け飛んだ。

望月の鋭い斬り込みは続いた。

次の瞬間、久蔵は斬り込む望月に向かって砂利を蹴り上げた。

砂利は望月の顔を襲った。

望月は一瞬怯んだ。

久蔵はその怯みに乗じ、大きく踏み込んで鋭い突きを放った。
鋭い突きは、閃光となって望月の胸に突き刺さった。
望月は息を飲み、眼を瞠《みは》って凍て付いた。
久蔵は、望月の胸を突き刺した刀を引き抜いた。
望月は前のめりによろめいた。
久蔵は、素早く望月と体を入れ替えて刀を閃《ひらめ》かせた。
望月の首の血脈が刎《は》ね斬られ、血が霧のように噴き上げた。
久蔵は、残心の構えを取った。
「あ、秋山……」
望月は、血に汚れた顔を醜く歪めて倒れ、息絶えた。
久蔵は、刀に拭いを掛けて辺りを見廻した。
清次の姿は消えていた。
雲は陽差しを遮《さえぎ》り、緑の田畑を大きく翳《かげ》らせた。
神田明神門前の盛り場の賑やかな夜が始まった。
久蔵は、小料理屋『お多福』を訪れた。

「いらっしゃいませ……」

女将のおこんは、にこやかに久蔵を迎えた。

「邪魔するぜ」

久蔵は塗笠を取り、片隅に座った。

『お多福』に客は少なかった。

「お酒ですか……」

おこんは尋ねた。

「いいや。素人女、用意出来るかい……」

久蔵は、声を潜めもせずに訊いた。

「御武家さま……」

おこんは、緊張を過ぎらせた。

少ない客が、驚いたように久蔵を見た。

「武家の奥方、大店の娘、長屋のおかみさん、素人女なら誰でもいいぞ……」

久蔵は笑顔で告げた。

「ち、ちょいとお待ち下さいな」

おこんは狼狽え、板場に入って行った。

僅かな時が過ぎ、板場から長吉とおこんが出て来た。

「御武家さま……」

長吉は、久蔵に険しい探る眼を向けた。

「おう。お前が亭主の長吉か……」

久蔵は、長吉の言葉を無視して尋ねた。

「へ、へい……」

長吉は、思わず頷いた。

「お前に頼めば、素人女を用意してくれると加藤貢之助の口利きで来たのだが、聞いちゃあいねえか……」

「は、はい。あの、御武家さまは……」

「俺は秋山久蔵って者だ」

久蔵は告げた。

次の瞬間、長吉は声にならない呻きをあげ、血相を変えて戸口に走った。

戸口の腰高障子が開き、幸吉と由松が踏み込んで来た。そして、逃げ出そうとする長吉を突き飛ばした。

突き飛ばされた長吉は、飯台をひっくり返しながら倒れ込んだ。

皿や丼や徳利が土間に落ち、派手な音をあげて砕け散った。

少ない客たちが驚き、身を縮めた。

幸吉と由松は、長吉を捕らえて縄を打った。

おこんは、裏口のある板場に逃げた。だが、板場には雲海坊がいた。

おこんは立ち竦《すく》んだ。

「長吉、おこん、素人女に客を取らせて金を稼いでいるのは既に露見している。大番屋で仔細を聞かせて貰うぜ」

久蔵は、厳しい面持ちで告げた。


長吉とおこんは、金に困った素人女に客を取らせていたのを白状した。そして、おまつは、金に困って身体を売っていた素人女の一人だった。

おまつの客に御家人の加藤貢之助がいた。

加藤は、おまつを気に入った。だが、おまつは酒に酔ってしつこい加藤を嫌った。

「それだけです。あっしが知っているのはそれだけです……」

長吉は、おまつの死に関しては、何も知らないと云い張った。しかし、女将のおこんは、死罪を免れたいばかりに亭主の長吉を売った。

長吉は、加藤を客に取るようにおまつに厳しく命じた。

おまつは抗《あらが》った。

長吉は怒り、思わずおまつを絞め殺した。そして、おまつの死体を鎌倉河岸に棄て、足を滑らせて死んだと装った。

久蔵は、長吉を死罪にし、おこんを遠島《えんとう》に処した。

御家人の加藤貢之助は、賭場での博奕打ちの喧嘩に巻き込まれて呆気《あっけ》なく死んだ。

博奕打ちの喧嘩の時、加藤は酒に酔って四つん這いになって嘔吐を繰り返していた。喧嘩をする博奕打ちたちは、嘔吐する加藤を邪魔にし、乱暴に蹴飛ばして踏み付けた。

加藤は悲鳴をあげて転げ廻った挙げ句、襤褸《ぼろ》雑巾のように息絶えた。

呆《あき》れる程、醜い死に様だった。

左肩を斬られた平四郎は、命を取り留めた。

久蔵は、本郷壱岐殿坂の森岡屋敷で養生をしている平四郎を訪れた。

平四郎は、久蔵に命を助けてくれた礼を述べて頭を下げた。

久蔵は、小料理屋『お多福』の女将のおこんが、何もかも吐いたのを告げた。

「そうでしたか……」

平四郎は、おまつの死の真相に戸惑った。

「で、おぬしは、おまつが長吉の口利きで身体を売っていたのを知り、長吉と客の加藤や薫風堂の若旦那を強請ったんだな」

久蔵は読んだ。

「はい。清次からおまつの事を聞き、余りにも哀れに思えまして……」

平四郎は、身体を売った挙げ句、病の亭主と子供たちを残して死んだおまつの無念さを哀れんだ。

「で、強請り取った金を残された常吉父子に渡していたのか……」

「はい。先ずは常吉の病を治し、おきよと新吉の暮らしを立てるのが一番だと思い……。ですが、長吉がおまつを殺《あや》めたとは思ってもいませんでした。もし、知っていれば……」

平四郎は、悔しげに眉をひそめた。

「斬り棄てたか……」

「はい……」

平四郎は、怒りを滲ませて大きく頷いた。

「そうか。良く分かった……」

「秋山さま……」

平四郎は、微かな戸惑いを過ぎらせた。

「平四郎、南町奉行所が扱ったのは、長吉とおこんが素人女に身を売らせている件だ。強請たかりはどうなるかな……」

久蔵は苦笑した。

そこには、平四郎の強請は常吉父子の為にも事件にしないと云う含みがあった。

「忝《かたじけ》のうございます」

平四郎は、久蔵に深々と頭を下げ、左肩の傷の痛みに思わず顔を顰《しか》めた。

「ま、これに懲りて、少しは大人しくするんだな。処で清次はどうした……」

「あれ以来、姿を見せてはおりません」

「拘わりと素性は……」

「賭場で博奕打ちと揉めた時、助けてくれました。素性は良く分かりません」

「そうか……」

清次は何者なのか……。

そして、いつかまた逢う……。

久蔵の勘は囁いた。


久蔵は、表門脇の腰掛けで待っていた弥平次と共に森岡屋敷を後にした。

「平四郎さん、助かって何よりでしたね」

弥平次は喜んだ。

「ああ……」

「それにしても、常吉父子の為に強請を働いていたとは、中々のもんじゃありませんか」

弥平次は、平四郎を誉《ほ》めた。

「うむ。人柄はいいがな……」

「無法者ですか……」

弥平次は苦笑した。

「まあな。だが、あの程度の無法は、誰かの若い頃より可愛いもんだ」

「ほう、誰かってのは……」

弥平次は惚《とぼ》けた。

「ふん。柳橋の。野暮な事を云わせるな。云わぬが花ってやつだぜ」

久蔵は苦笑した。

本郷壱岐殿坂は陽差しに輝き、大川の川開きは近付いていた。

第二話

破戒僧

一

水無月《みなづき》——六月。

六月一日は富士山の山開きであり、江戸の各所にある浅間《せんげん》神社の〝お富士さん〟は参詣客で賑わった。

朝、日本橋川に架かる江戸橋の橋脚に大きな花が咲いた。

大きな花と見えたものは、色鮮やかな着物だった。

見付けた者が、色鮮やかな着物の主が若い女の土左衛門だと知るのに時は掛からなかった。

南町奉行所定町廻《じょうまちまわ》り同心の神崎和馬《かんざきかずま》は、幸吉と共に日本橋に急いだ。

若い女の土左衛門は、既に室町《むろまち》二丁目の呉服屋『吉乃屋《よしのや》』の十八歳の娘・おきくと知れ、死体は引き取られていた。

和馬と幸吉は、日本橋川に架かる日本橋を渡って室町二丁目に進んだ。

呉服屋『吉乃屋』は大戸を閉めていた。

和馬と幸吉は、呉服屋『吉乃屋』を訪れて安置されていたおきくの死体を検《あらた》めた。

おきくの身体に傷も痣《あざ》もなく、大量の水を吐いた処から溺れ死んだのに間違いはない。

おきくは日本橋川に身を投げたのか、それとも誰かに突き落とされて殺されたのか……。

残された疑念はそこにある。

和馬と幸吉は、おきくの両親である呉服屋『吉乃屋』の主夫婦に逢った。

呉服屋『吉乃屋』の主の清左衛門《せいざえもん》とお内儀《かみ》のおたえは、一人娘のおきくの死に憔悴しきっていた。

和馬と幸吉は、おきくの死について何か心当りがないか尋ねた。

「心当りにございますか……」

清左衛門は、窶《やつ》れ果てた顔に困惑を浮べた。

「ああ。近頃、何か悩んでいたとか、誰かに付き纏《まと》われていたとか……」

「存じませんが、おたえ……」

清左衛門は、零《こぼ》れる涙を拭っているお内儀のおたえを促した。

「私も心当りなどございません……」

おたえは涙を拭い続けた。

「そうか。心当りはないか……」

「はい……」

清左衛門とおたえ夫婦は頷いた。

「で、おきくは昨夜は家にいたのだな……」

「はい。戌《いぬ》の刻五つ（午後八時）に自分の部屋に引き取りまして。今朝方、江戸橋の傍の本船町《ほんふねちょう》の自身番の者が報せに来る迄、いつ家を出たのかも気が付きませんでした」

清左衛門は力なく語った。

「そうか……」

「お内儀さん。お嬢さん付きの女中は……」

幸吉は、おたえに尋ねた。

「はい。おこまと申します」

「そのおこまさんに逢えますかね……」

「それが、何処にもいないのです」

おたえは、涙を拭いながら答えた。

「いないって、おこまは住み込みの奉公人ですよね」

幸吉は眉をひそめた。

「はい。おきくの事で大騒ぎになり、おこまを呼んだのですが、その時にはもう、何処にもいなかったのでございます」

娘のおきくは溺れ死に、お付き女中のおこまは姿を消した。

「和馬の旦那……」

「うん。で、おこまの歳と素性は……」

和馬は尋ねた。

「はい。歳は二十五で、私の実家筋の者の口利きで参りまして、奉公してもう五年になります」

おたえは告げた。

「人柄は……」

「それはもう良く気が付き、裏表なく真面目に働く者にございます」

「そうか……」

お付き女中のおこまの失踪は、おきくの死と拘わりがあるのか……。

和馬と幸吉は、番頭の仁兵衛《にへえ》を始めとした奉公人たちに、おきくの死とおこまの失踪に心当りがないか尋ねた。だが、奉公人たちは首を捻るだけだった。

和馬と幸吉は、おきくの部屋とおこまの持ち物を調べた。だが、おきくの死とおこまの失踪に拘わるような物は見付からなかった。


呉服屋『吉乃屋』の一人娘のおきくは溺れ死に、お付きの女中が失踪した。

「さあて、何があったのかな……」

南町奉行所吟味方与力の秋山久蔵は、和馬と幸吉の報告を受けて眉をひそめた。

「おきくが日本橋川に落ちたのは、身を投げたのか、何者かに落とされたのか、それとも誤っての事なのか……」

和馬は首を捻った。

「そして、お付き女中のおこまが姿を消したのは、おきくが溺れ死んだのに拘わりがあるのか……」

幸吉は告げた。

「そいつだが、おきくが吉乃屋を出たのに気が付いた奉公人は誰もいねえんだな」

「はい……」

幸吉は頷いた。

「夜の戸締まりがどうなっているか良く知らねえ大店の娘が、誰にも気付かれず一人で外に出られる筈《はず》はねえ。おそらく手引きをした者がいる筈だぜ」

久蔵は、和馬と幸吉に笑い掛けた。

「では、秋山さまはその手引きをした者がおこまだと……」

「違うかな……」

久蔵は、おきくはおこまの手引きで『吉乃屋』を出たと睨んだ。

「となると、やはりおこまはおきくの死に拘わりがありますか……」

幸吉は唸った。

「そう睨んで間違いねえだろう」

久蔵は頷いた。

「はい……」

和馬と幸吉は、久蔵の睨みに頷いた。

「よし。先ずは、おきくが毎日をどのように暮らしていたのか。それから、おこまの詳しい素性。ま、その辺から調べてみるのだな」

久蔵は指示した。

「はい……」

和馬と幸吉は頷いた。


和馬と幸吉は、おきくの毎日の暮らし方を調べた。そして、雲海坊と由松は、おこまの詳しい素性を追い始めた。

おきくは、毎月の〝一〟の付く日は茶の湯、〝三〟の付く日は裁縫、〝五〟の付く日には三味線《しゃみせん》とそれぞれの稽古に通っていた。そして、それ以外の日には浅草寺の観音さまを始めとした神社仏閣に詣《もう》でたり、芝居見物に出掛けたりしていた。

勿論、何処に行くにもお供は、お付き女中のおこまと決まっていた。

和馬と幸吉は、習い事の師匠たちや一緒に稽古に通っていた娘たちに聞き込みを掛けた。

おきくは、何処に行っても真面目で熱心に学ぶ弟子だった。

「男出入りはどうかな……」

和馬は、おきくの茶の湯仲間の二人の娘に訊いた。

「男出入り……」

二人の娘は、顔を見合わせて笑った。

「あるのか……」

和馬は、二人の娘に釣られて思わず笑った。

「ありませんよ。男出入りなんか……」

「ない……」

「ええ。おきくさん、妙に身持ちは固くて浮いた話なんか一つもありませんよ」

「それに、お付きのおこまさんが厳しく眼を光らせていたから……」

「へえ、おこま、そんなに厳しかったのか……」

「ええ。男なんか、近寄る処か近付けもしませんでしたよ。ねえ……」

二人の娘は、声を揃えて賑やかに笑った。

和馬と幸吉は、顔を見合わせて苦笑するしかなかった。

おきく付きの女中のおこまは、お内儀おたえの実家である米屋の老下男の姪っ子であり、その縁で呉服屋『吉乃屋』に奉公していた。

雲海坊と由松は、新堀川《しんぼりがわ》に架かっている金杉橋《かなすぎばし》の北詰、浜松町《はままつちよう》四丁目にあるおたえの実家、米屋『高砂屋《たかさごや》』を訪ねた。

米屋『高砂屋』の老下男の伝吉《でんきち》が、おこまの叔父だった。

雲海坊と由松は、老下男の伝吉の様子を窺った。

老下男の伝吉は、米屋『高砂屋』の周囲の掃除をし、雑用に忙しく働いていた。

「伝吉の処におこまは現れていねえようだな」

雲海坊は、忙しさを楽しむように働く伝吉の様子を見て睨んだ。

「ええ……」

由松は頷いた。

「よし。じゃあ、高砂屋の番頭さんに断わりを入れて、直に伝吉に訊いてみるか……」

雲海坊と由松は、米屋『高砂屋』を訪れた。

「おこまが行方《ゆくえ》知れず……」

米屋『高砂屋』の老下男の伝吉は、顔の皺《しわ》を伸ばし眼を丸くして驚いた。

「ああ。おこま、伝吉さんの処には来ちゃあいないね」

由松は、伝吉を厳しく見据えて念を押した。

「へ、へい。そりゃあもう……」

伝吉は、怯えを滲ませて頷いた。

嘘はない……。

雲海坊と由松は睨んだ。

「それじゃあ伝吉さん、おこまの詳しい事を教えちゃあくれないかな」

雲海坊は頼んだ。

「へい……」

伝吉は頷いた。

二十五歳になるおこまは、十八歳の時に所帯を持ったが、大工だった亭主の利《り》助《すけ》は普請場の屋根から落ちて呆気なく死んだ。

その後、おこまは叔父の伝吉の奉公先である米屋『高砂屋』を通じて呉服屋『吉乃屋』の女中になった。

「おこま、大工だった亭主が死んでから、男出入りはどうなんだい」

「さあ、男の話はこれと云って聞いた覚えはありませんが……」

伝吉は首を捻った。

「そうか。じゃあ、吉乃屋のお嬢さんのおきくについて、おこま、何か云っていた事はなかったかな」

雲海坊は尋ねた。

「優しいお嬢さまだと云うぐらいで、別に聞いちゃあおりませんが……」

「そうか……」

「あの……おこまどうしたんでしょう……」

伝吉は、心配そうに眉をひそめた。

「そいつが、今の処、良く分からないんだぜ」

「そうですか……」

伝吉は、肩を落とした。

雲海坊と由松は、伝吉が姪のおこまについて本当に何も知らないと見定めた。

日本橋川は、外濠に架かっている呉服橋御門の傍から大川の永代橋《えいたいばし》の脇に流れ、おきくの死体のあった江戸橋迄には、一石橋《いちこくばし》と日本橋がある。

おきくは、一石橋から江戸橋迄の間の何処かで日本橋川に落ちた……。

柳橋の弥平次はそう睨み、手先の船頭の勇次と聞き込みを掛けた。

おきくが見付かる前の夜、日本橋川沿いで見掛けた者はいないか……。

弥平次と勇次は、夜廻りの木戸番や夜鳴《よなき》蕎麦屋、そして朝の早い魚河岸の若い衆や荷船の船頭に訊き歩いた。だが、おきくやおこまを見掛けた者は、容易に見付からなかった。

浜町堀には屋根船が行き交っていた。

おきくは、〝五〟の付く日に三味線の稽古に元浜町《もとはまちょう》のお師匠さんの処に通っていた。

和馬と幸吉は、同じ日に稽古に通っている二人の娘を甘味処に誘った。

「さあ、遠慮なく食べてくれ」

和馬は、二人の娘に団子を振る舞った。

「はい。戴《いただ》きます」

二人の娘は、嬉しげに団子を食べ始めた。

「で、吉乃屋のおきくだが、お師匠さんの話じゃあ、真面目で熱心に稽古していたそうだな……」

二人の娘は、和馬の言葉に顔を見合わせて小さく笑った。

「違うのかな……」

和馬は、二人の娘の小さな笑いを見逃さなかった。

「そりゃあおきくさん、三味線のお稽古は真面目で熱心だったけど。ねえ……」

「ねえ……」

二人の娘は、団子を食べながら意味ありげに頷きあった。

「どうだ、汁粉も食べるか……」

和馬は、何とか二人の娘から話を聞き出そうとした。

「お汁粉、大好き。戴きます……」

二人の娘は、嬉しげに笑った。

和馬は、亭主に汁粉を頼んだ。

「で、おきく、真面目で熱心だったけど……」

和馬は、二人の娘に話の先を促した。

「稽古が終わってからねえ……」

「ねえ……」

二人の娘は、顔を見合わせて苦笑した。

「おきく、三味線の稽古が終わってからどうしたんだ」

和馬は苛立った。

「和馬の旦那……」

幸吉は、慌てて和馬を押えた。

「う、うん……」

和馬は、苛立たしげに頷いた。

「おきく、三味線の稽古が終わってから、どうしたんだい……」

幸吉は尋ねた。

「私たち見たんです。千鳥橋の船着場から屋根船に乗って行くのを……」

「屋根船……」

幸吉は戸惑った。

「ええ。お付き女中のおこまさんを千鳥橋の船着場に残してね」

「それでね。屋根船には男が乗っていたんですよ」

二人の娘は声を潜めた。

「男……」

和馬は、素《す》っ頓狂《とんきょう》な声をあげた。

「ええ……」

二人の娘は思わず身を引いた。

「どんな男だった……」

「それが、頭巾《ずきん》を被っていて顔は良く分からなかったんです……」

「でも、若かったと思いますよ」

「若い男か……」

「逢引きですよ、逢引き。ねえ……」

「ええ。逢引きよねえ……」

二人の娘は顔を見合わせて笑った。

「和馬の旦那……」

「うん……」

呉服屋『吉乃屋』の娘のおきくは、三味線の稽古の帰り、若い男と逢引きをしていた。

「で、おきくは若い男と一緒に屋根船に乗って浜町堀を下ったのか……」

「ええ……」

「お付き女中のおこまはどうした」

「暇そうな顔をして両国広小路の方に行きましたよ」

「きっと、おきくさんが戻って来る迄、何処かで暇を潰すんですよ」

おこまは、おきくの逢引きの間、両国広小路辺りで暇を潰して待っていたのだ。

「じゃあ、屋根船は何処の船宿の物か分からないかな」

幸吉は訊いた。

屋根船の殆どは船宿の持ち物だ。

「さあ、何処の船宿の屋根船って云われても。ねえ……」

娘の一人が首を捻り、もう一人の娘に同意を求めた。

「でも、船のお尻に丸に若って焼き印があったような気がするけど……」

もう一人の娘は眉をひそめた。

「丸に若の焼き印かい……」

幸吉は念を押した。

「ええ。はっきりとはしないんだけど……」

「幸吉……」

「ええ、丸に若の船宿、なんとかなるでしょう」

屋根船の持ち主は、おそらく〝若〟の字の付く屋号の船宿なのだ。

「うん。処でおきくの逢引き、いつ頃の話なんだい」

「いつ頃って、近頃はお稽古の後は必ずって感じかしら。ねえ……」

「ほんと、お盛んよねえ……」

二人の娘は賑やかに笑った。

「お盛んねえ……」

和馬は眉をひそめた。

「和馬の旦那……」

幸吉は苦笑した。

「ああ……」

呉服屋『吉乃屋』の娘のおきくには、密かに逢引きをする若い男がいたのだ。

和馬と幸吉は、漸《ようや》く探索の糸口を摑んだ。

隅田川に風が吹き抜け、流れは陽差しに煌めいていた。

雲海坊と由松は、おこまの立ち廻りそうな処を叔父の伝吉に聞き、訪ね歩いた。

しかし、おこまが立ち寄った形跡はなかった。

雲海坊と由松は、おこまの死んだ亭主の利助の墓のある正明寺《しょうみょうじ》を訪れた。

正明寺は浅草橋場町《はしばちょう》の西にあった。

「由松、寺は任せるぜ」

雲海坊は、正明寺の聞き込みを由松に任せた。

「はい。じゃあ……」

由松は、雲海坊を正明寺の山門前に残して境内に入って行った。

雲海坊は、隅田川の岸辺に座って饅頭笠を取り、川面を吹き抜けて来る風を受けた。


由松は、正明寺の庫裏《くり》の腰高障子を叩いた。

返事がし、腰高障子を開けて寺男が顔を出した。

「どちらさまで……」

寺男は、由松を怪訝に見た。

「あっしは由松と申しますが、こちらに大工の利助さんの墓がありますね」

「えっ、ええ……」

「その利助さんの女房のおこまさん、今日、墓参りに来ちゃあいませんか……」

由松は尋ねた。

「おこまさんですか……」

「ええ……」

「来ちゃあいませんが……」

寺男は眉をひそめた。

「じゃあ、最後に来たのはいつ頃か覚えていますか……」

「春のお彼岸の時ですが、墓地には裏門からも入れますし……」

寺男は首を捻った。

墓参りは、庫裏に立ち寄らず勝手に出来るのだ。

「そうですか……」

おこまの行方は、やはり杳《よう》として知れなかった。


屋根船は、隅田川の流れを遡《さかのぼ》ってきた。

雲海坊は、屋根船の舳先《へさき》のあげる水飛沫《みずしぶき》の煌めきを眩しげに眺めた。

屋根船は、岸辺にいる雲海坊の前を通って橋場町の船着場に向かった。

屋根船の開け放たれた障子の内には、黒い羽織を着た若い男が頭巾を被って乗っていた。

雲海坊は、眼の前を通り過ぎて行く屋根船を見送った。

「雲海坊の兄貴……」

由松が、正明寺から出て来た。

「どうだった……」

「駄目です。おこま、来ちゃあいませんぜ」

「そうか……」

雲海坊は頷き、離れた処にある船着場を眺めた。

船着場には屋根船が着き、黒い羽織を着た頭巾の男が降りていた。

「どうかしましたかい……」

由松は、雲海坊の視線の先に気付いた。

「いや。若いのに頭巾を被っているのが、ちょいと気になってな……」

「この辺の寺の生臭《なまぐさ》坊主が遊びにでも行って来たのかもしれませんよ」

由松は苦笑した。

「そんな処かな……」

「ええ……」

「よし。じゃあ柳橋に戻るか……」

雲海坊と由松の足取りは、おこまの行方が摑めない所為か重かった。

二

夕陽は、南町奉行所の用部屋にいる久蔵と和馬の影を長く伸ばした。

「男か……」

久蔵は苦笑した。

「はい。どうやらおきく、三味線の稽古の帰り、密かに逢引きをしていたようです」

和馬は、呆れたように告げた。

「逢引きねえ……」

「はい。お付き女中のおこまを待たせて。ま、知らぬは親ばかりって処ですかね……」

和馬は、微かな腹立たしさを過ぎらせた。

「で、相手の男が、何処の誰かは分からないか……」

「はい。それで今、幸吉がおきくと男の乗っていた屋根船の丸に若の焼き印から船宿の割り出しを急いでいます」

船宿を割り出し、乗っていた頭巾の男が何処の誰かを突き止める。

手間暇が掛かるが、今はそれしか探索の手立てはないのだ。

「うむ……」

久蔵は頷いた。

夕陽は沈み、用部屋は夕闇に覆われ始めた。


幸吉の報せを受けた弥平次は、目撃者捜しを止めて丸に若の字の屋号の船宿の洗い出しを急いだ。

丸に若の字の屋号の船宿は、『若松《わかまつ》』、『若菜《わかな》』、『若村《わかむら》』、『若柳《わかやぎ》』など数多くある。

大川、神田川、日本橋川、本所竪川《ほんじょたてかわ》……。

船宿は、江戸を流れる幾つもの川や掘割沿いにあった。

弥平次、幸吉、勇次は、船宿『笹舟』の女将のおまきや養女のお糸、船頭の親方の伝八《でんぱち》たちに手助けして貰い、丸に若の字の屋号の船宿を洗い出した。

頭巾を被った若い男に雇われ、屋根船で浜町堀に架かる千鳥橋の船着場に行き、若い女を乗せた船頭……。

弥平次、幸吉、勇次は、洗い出した若の字の付く屋号の船宿を訊き歩いた。

だが、頭巾を被った男に雇われ、屋根船で浜町堀千鳥橋の船着場に行った船頭は、容易に見付からなかった。

弥平次、幸吉、勇次に和馬も加わり、探索は粘り強く続けられた。

雲海坊と由松のおこま捜しは、僅かな伝手《つて》を頼りに細々と行なわれていた。

「吉乃屋のおこまさんなら、いつだったか雲母橋《きらずばし》の袂で若い坊さんと話しているのを見た事がありますよ」

呉服屋『吉乃屋』に出入りしている酒屋の手代が告げた。

「若い坊さん……」

雲海坊は戸惑った。

「ええ……」

酒屋の手代は、托鉢坊主姿の雲海坊を胡散臭げに見廻した。

「お坊さんと同じような托鉢姿でしたが、もっと小綺麗でさっぱりしていましたけど……」

酒屋の手代は、云い難そうに告げた。

「小綺麗でさっぱりねえ……」

由松は、日に焼け土埃《つちぼこり》に塗《まみ》れた雲海坊を見て笑った。

「はい……」

酒屋の手代は頷いた。

雲海坊は、苦笑するしかなかった。

「で、おこま、その若い坊主と雲母橋の袂で話をしていたんだね」

雲母橋は、室町三丁目の浮世《うきよ》小路《こうじ》を入った処にある西堀留川《にしほりどめがわ》に架かっている橋であり、呉服屋『吉乃屋』の裏手の方向にあった。

「ええ、手前に気付いて慌てて離れましたが、手を握りあっていましてね。ありゃあ結構深い仲だと思いますよ」

酒屋の手代は、面白そうに笑った。

「へえ。おこまが坊主とねえ……」

雲海坊は眉をひそめた。

「その小綺麗な坊主。何処の寺の何て名の坊主かは……」

「そこ迄は。分かりません」

酒屋の手代は、首を横に振った。

由松は頷いた。

「で、そいつはいつ頃の事だい……」

雲海坊は訊いた。

「そうですねえ。かれこれ一年ぐらい前になりますかね……」

「一年前……」

雲海坊は、吐息を洩らした。

「あの。手前はそろそろ……」

酒屋の手代は、落ち着かない様子を見せた。

「ああ。造作を掛けたね。助かったよ」

雲海坊は、酒屋の手代に礼を述べた。

「いえ。じゃあ……」

酒屋の手代は、足早に立ち去った。

「一年ぐらいも前の話じゃあねえ」

由松は落胆した。

「由松、一年ぐらい前の話でも、おこまには坊主の男がいたのが分かったんだ。

「だろうな……」

ありがたい話だぜ」

「はい。それにしても坊主とはねえ」

由松は首を捻った。

「今の処、おこまと拘わりのある坊主は、亭主利助の墓のある橋場の正明寺の住職ぐらいだが、どんな坊主だ……」

雲海坊は、由松を窺った。

「そいつが雲海坊の兄貴、正明寺の住職、出掛けていて留守だったんですよ」

「じゃあ、逢っちゃあいないのか……」

「ええ……」

由松は頷いた。

「そうか……」

一年ぐらい前、おこまには坊主の男がいた。

それが、おきくの死とおこまの失踪に拘わりがあるのか……。

雲海坊は想いを巡らせた。

拘わりがあろうがなかろうが、坊主はおこまに繋がる唯一の手掛かりなのだ。

そして、雲海坊は橋場の正明寺の住職が気になった。

「由松、お前は吉乃屋の奉公人たちにもう一度おこまについて詳しく聞き込んでくれ。俺は正明寺の住職がどんな坊主か拝んで来るぜ」

雲海坊は、正明寺の住職に逢う事にした。

「分かりました。じゃあ……」

雲海坊と由松は別れた。

さあて、どうする……。

雲海坊は、正明寺の住職に近付く手立てを思案した。


神田川沿いにある若の字の付く屋号の船宿に、頭巾を被った男を屋根船に乗せて浜町堀に架かる千鳥橋の船着場に行った船頭はいなかった。

和馬と幸吉は、神田川沿いの探索を終えて本所竪川に向かった。


日本橋川沿いにある若の字の付く屋号の船宿にも、屋根船に頭巾を被った男を乗せて千鳥橋の船着場に行った船頭は見付からなかった。

弥平次と勇次は、探索を日本橋川沿いから大川沿いに移した。

雲海坊は、旅の雲水《うんすい》を装って浅草橋場町の正明寺の山門を潜った。

「南無大師遍照金剛……」

雲海坊は、正明寺の庫裏の戸口に立って真言宗の経を読んだ。それは勿論、正明寺が真言宗と知っての事だ。

庫裏の腰高障子が開き、寺男が顔を出した。

「やあ……」

雲海坊は、親しげに笑い掛けた。

「お坊さまは……」

寺男は、雲海坊に怪訝な眼を向けた。

「拙僧は雲海と申します。弁当を食べたいのですが、井戸端をお借りしたい……」

「それなら、井戸端ではなく庫裏をお使い下さい。手前は当寺の寺男で茂造《しげぞう》と申します」

「茂造さんですか。それは忝のうございます」

「さあ、どうぞ……」

寺男の茂造は、雲海坊を庫裏に誘った。

「はい。ではお言葉に甘えて……」

雲海坊は、日に焼けた饅頭笠を取って衣の土埃を叩いた。

土埃は、旅の雲水の証のように雲海坊の衣から高々と舞い上がった。

囲炉裏端《いろりばた》に置かれた茶は、湯気を微かに揺らした。

「どうぞ……」

「戴きます……」

雲海坊は、腰に結び付けて来た塩結びを食べながら茶をすすった。

茂造の淹《い》れてくれた茶は、熱くはなく程良い温かさだった。

「美味《おい》しいお茶です」

雲海坊は、茂造の気遣いを誉めた。

「それは良かった。雲海さまは、どちらからお出でにございますか」

「はい。常陸の水戸から参りました」

「そうでございますか……」

「はい……」

雲海坊は、塩結びを食べ終えて茶を飲んだ。

茂造は、雲海坊の茶を注ぎ足した。

「忝のうございます……」

雲海坊は茶をすすった。

茶は、最初のものより熱かった。

「茂造……」

背の高い坊主の影が、庫裏の奥に続く廊下に浮かんだ。

「これは御住職さま……」

茂造は、居住まいを正した。

見覚えのある影……。

雲海坊は、何故《なぜ》か不意にそう思った。

背の高い三十歳ぐらいの住職が、廊下から庫裏に入って来た。

「お客さまでしたか……」

住職は、雲海坊に微笑んだ。

「はい。旅のお坊さまで雲海さまにございます」

「雲海にございます。水戸からの道中、弁当を使わせて戴きました」

雲海坊は挨拶をした。

「それはそれは、当寺の住職の浄空《じょうくう》と申します。水戸からの道中、御苦労さまにございます。どうぞ、お寛《くつろ》ぎ下さい」

「浄空さまにございますか。忝のうございます」

雲海坊は礼を述べた。

「茂造、船はどうなっている」

「はい。未の刻八つ（午後二時）に船着場に来る手筈になっております」

「そうか……」

浄空は頷いた。

雲海坊は、それとなく浄空を窺った。

浄空は、青々とした剃り跡の頭をし、背の高い偉丈夫《いじょうふ》だ。

雲海坊は、浄空の影に見覚えがあった理由に気付いた。

浄空は、屋根船に乗っていた頭巾を被った男なのだ。

その浄空が船で出掛ける……。

雲海坊は茶を飲み干し、湯呑茶碗を囲炉裏端に置いた。

「どうも御馳走になりました。そろそろお暇《いとま》致します」

雲海坊は、浄空と茂造に告げた。

隅田川は滔々《とうとう》と流れ、様々な船が行き交っていた。

勇次は、弥平次を乗せた猪牙舟《ちょきぶね》を浅草今戸町《いまどちょう》の船着場に寄せた。

「浅草は今戸町の若柳か……」

弥平次は、若の字の付く屋号の船宿の名を書いた書付けを広げた。

「はい。この先の橋場に若の字の付く屋号の船宿はありませんので。隅田川は浅草今戸の若柳からになります……」

勇次は、猪牙舟を船着場に繋いだ。

「うん……」

弥平次は、勇次と共に船着場に降りて土手道にあがった。

船宿『若柳』は船着場近くにあり、その船着場には猪牙舟が揺れていた。

弥平次と勇次は、船宿『若柳』の船着場で揺れている猪牙舟の艫《とも》を見た。

猪牙舟の艫には、丸に若の字の焼き印が押されていた。

「此処だと良いですね……」

「うん……」

弥平次と勇次は、船宿『若柳』に向かった。

未の刻八つが近付いた。

雲海坊は、猪牙舟を雇いに橋場町の船宿に走った。だが、橋場町の船宿の船は一隻残らず出払っていた。

猪牙舟を雇い、船で出掛ける浄空を追う目論見《もくろみ》は崩れた。

雲海坊は焦った。

未の刻八つの鐘が鳴り始めた。

くそっ……。

雲海坊は、橋場町の船着場に駆け戻った。

橋場町の船着場には、屋根船が船縁《ふなべり》を寄せていた。屋根船の艫では中年の船頭が、煙管《キセル》を燻《くゆ》らせていた。

頭巾を被った浄空を乗せて来た屋根船の船頭……。

雲海坊は見定めた。

頭巾を被った男が、黒い羽織を着てやって来た。

浄空だ……。

中年の船頭は、煙管の灰を棄てて立ち上がり、屋根船の舳先を下流に向けた。

隅田川を下る……。

雲海坊は睨んだ。

今戸町の船宿で船を雇って浄空を追う……。

雲海坊は、隣の今戸町に向かって猛然と走り出した。


「頭巾を被った男客を乗せて浜町堀に行った事のある屋根船ですか……」

浅草今戸町の船宿『若柳』の女将は、困惑した面持ちで首を捻った。

「ええ。こちらの船頭さんでそうした方はおりませんかねえ……」

弥平次は尋ねた。

「さあ。手前共の屋根船は、今出掛けておりまして。船頭に訊かない事には何とも……」

「そうですか……」

弥平次は、眉を曇らせた。

「女将さん、屋根船の船頭さん、いつ頃戻りますか……」

勇次は、屋根船の船頭が戻る頃を見計らって出直すつもりだった。

「今し方出掛けたばかりですから、後一刻《いっとき》（二時間）は戻らないかと……」

女将は、申し訳なさそうに眉をひそめた。

「親分……」

勇次は、弥平次の指示を待った。

「うん。他を廻って一刻後に、もう一度来るしかないな」

弥平次は決めた。


弥平次と勇次は、今戸町の船着場に戻った。

「じゃあ、隣の花川戸町《はなかわどちよう》に行きますか……」

「うん。花川戸には若浪《わかなみ》って船宿がある」

弥平次は、書付けをみながら告げた。

「親分……」

勇次は、今戸町に続く隅田川沿いの道を見て戸惑いを浮べた。

弥平次は振り返った。

饅頭笠を被った托鉢坊主が、墨染の衣を翻して猛然と走って来た。

「雲海坊の兄貴じゃありませんかね……」

「うん。ありゃあ雲海坊だな……」

弥平次と勇次は、猛然と走って来る托鉢坊主が雲海坊だと気付いた。

勇次は、船着場から隅田川沿いの道に出た。

「おう。勇次……」

雲海坊は、勇次に気が付いて喜びを滲ませた声で叫んだ。

勇次は、雲海坊の背後を油断なく窺った。だが、追って来る者はいなかった。

追われてはいない……。

勇次は見定めた。

雲海坊は錫杖《しやくじよう》に縋《すが》り、今にも倒れんばかりに激しく息を鳴らした。

「どうしたんです」

「舟で来ているのか……」

雲海坊は、息を鳴らして声を嗄らした。

「はい。親分と一緒に猪牙で……」

「そうか……」

雲海坊は、肩で息をつきながら勇次と船着場に降りた。

「どうした、雲海坊……」

「親分。おこまの死んだ亭主の墓のある寺の坊主が……」

雲海坊は、嗄れた声を引き攣《つ》らせた。

「よし。話は後だ。猪牙でどうするんだ」

「橋場から来る屋根船を追って下さい……」

雲海坊は、乱れた息を整えながら告げた。

「勇次……」

「合点です」

勇次は、弥平次と雲海坊を乗せた猪牙舟の舳先を川下に向けた。

橋場町から来た屋根船が、弥平次と雲海坊の乗った勇次の猪牙舟を追い抜いて隅田川を下って行った。

屋根船の障子は閉まっており、乗っている浄空の姿は見えなかった。だが、櫓を漕ぐ中年の船頭は、浄空を乗せた屋根船の船頭に間違いなかった。

「勇次、あの屋根船だ……」

「合点です」

勇次は、猪牙舟の櫓を巧みに操って屋根船を追った。

「親分……」

勇次は、屋根船の艫を見て眉をひそめた。

「なんだ……」

「屋根船の艫の焼き印、丸に若の字じゃあないですかね」

「なんだと……」

弥平次は、猪牙舟の舳先に進み、眼を細めて先を行く屋根船の艫を見詰めた。

屋根船の艫の焼き印は、丸に若の字だった。

「ああ。間違いないな……」

弥平次は、厳しい面持ちで頷いた。

「はい……」

「親分、丸に若の字の焼き印が何か……」

雲海坊は眉をひそめた。

「うん……」

弥平次は、呉服屋『吉乃屋』の娘のおきくが屋根船で頭巾を被った男と逢引きをしていた事実を雲海坊に教えた。

「その屋根船が、丸に若の字の焼き印を押していたんですか……」

「うむ。で、船頭に詳しい事を訊こうと思ってな。で、お前の方は……」

弥平次は訊いた。

めた。

「はい……」

雲海坊は、おこまの亭主の墓のある橋場町の正明寺の住職・浄空の事を話し始めた。

浄空を乗せた屋根船は、吾妻橋《あづまばし》を潜って尚も大川を下った。

勇次は、弥平次と雲海坊を乗せた猪牙舟を操って追った。

屋根船は竹町《たけちょう》の渡《わたし》、駒形堂《こまがたどう》、御厩《おうまや》河岸、浅草御蔵の傍らを下った。

雲海坊は、正明寺住職の浄空の事を話し終えた。

「ひょっとしたら、その浄空が死んだおきくの男なのかもしれないな……」

弥平次の眼が鋭く輝いた。

三

大川は、両国橋の北側で神田川と合流している。

浄空を乗せた屋根船は、大川から神田川に入った。

「神田川に入りましたぜ……」

勇次は、弥平次と雲海坊に告げて屋根船を追った。

屋根船は神田川の流れを遡った。

勇次は追った。

屋根船は柳橋、浅草御門、新シ橋《あたらばし》、和泉橋《いずみばし》、筋違御門《すじかい》を潜って進み、昌平橋の船着場に近付いた。

「昌平橋の船着場に寄せるようですね」

勇次は告げた。

弥平次と雲海坊は、屋根船を見守った。

屋根船は、昌平橋の下の船着場に船縁を寄せた。

大店の娘らしき若い女が、昌平橋の袂から船着場に降りて来て屋根船の障子の内に乗り込んだ。

女中らしき中年の女が、昌平橋の袂から心配げに見守っていた。

「きっと逢引きですぜ……」

勇次は読んだ。

「ああ。浄空の野郎、飛んだ生臭だ……」

雲海坊は吐き棄てた。

「どうやら、吉乃屋のおきくと同じ段取りの逢引きだな」

弥平次は見定めた。

屋根船は、大店の娘を乗せて舳先を廻した。

「親分、あっしは浄空に面が割れていますので、あの女に話を訊いてみたいのですが……」

雲海坊は、昌平橋の袂で見送っている女中らしき中年女を示した。

「分かった。浄空は引き受けた」

「お願いします。勇次……」

「承知……」

勇次は、猪牙舟の舳先を廻して船着場に船縁を寄せた。

「じゃあ……」

雲海坊は、猪牙舟を降りて昌平橋の袂に駆け上がった。

勇次は、弥平次を乗せた猪牙舟を操って屋根船を追った。

女中らしき中年女は昌平橋の袂に佇み、遠ざかって行く屋根船を心配げに見送っていた。

雲海坊は、女中らしき中年女に静かに声を掛けた。

「お嬢さまの逢引きの相手は、正明寺の浄空ですね」

女中らしき中年女は驚き、弾かれたように振り返った。

雲海坊は、饅頭笠をあげて哀しげな笑みを浮べて見せた。

「拙僧は同じ宗派の出家で雲海と申しまして、浄空の良からぬ噂を調べています。少しお話をお聞かせ戴けませぬか……」

雲海坊は、岡っ引の手先なのを隠し、浄空と同じ宗派の坊主を装った。

「浄空さまの良からぬ噂……」

女中らしき中年女は、怯えを滲ませて雲海坊を見詰めた。

「左様にございます」

雲海坊は、尤《もっと》もらしく眉をひそめて頷いた。

「良からぬ噂とは、どのような……」

女中らしき中年女は、不安を滲ませた。

「詳しくは申せませぬが、何人もの大店のお嬢さん方と逢引きを重ねているとか……」

雲海坊は、女中らしき中年女の不安をそれとなく煽《あお》った。

「そんな……」

女中らしき中年女は、激しく狼狽えた。

向島《むこうじま》の川岸の草木は、吹き抜ける風に揺れていた。

中年の船頭は、屋根船を水神近くの小さな入江に繋いで降りた。そして、屋根船に浄空と大店の娘を残して立ち去った。

「逢引きの邪魔をする程、野暮じゃあないですか……」

勇次は苦笑した。

船頭は、おそらく半刻程が過ぎた頃に戻って来るのだ。

「ああ。浄空の野郎、吉乃屋のおきくの他にも女がいるって訳だ……」

弥平次は呆れた。

「狙いは金ですかね……」

勇次は、浄空が大店の娘と逢引きをする理由を読んだ。

「おそらくな。大店の娘を誑《たら》し込んで、密かに金を持ち出させているんだろう」

弥平次は睨んだ。

浅草橋場町の正明寺住職の浄空は、死んだ呉服屋『吉乃屋』の娘・おきくの情人であり、他の大店の娘とも付き合っているのだ。そして、そこには金が絡んでいる。

色と欲に塗れた破戒僧《はかいそう》……。

弥平次は苦笑した。

神田明神門前の茶店に客は少なかった。

雲海坊は、女中らしき中年女を茶店に誘った。

女中らしき中年女は、本郷菊坂台町《きくざかだいまち》にある袋物問屋『松屋《まつや》』のお嬢さま付き女中のおまちだった。

「で、おまちさん、松屋のお嬢さま、名は何と申されるのですか……」

「おゆきさまにございます」

おまちは、躊躇いながら告げた。

「おゆきさまですか……」

「はい……」

「おゆきさま、どのようにして浄空とお知り合いになられたのですか……」

雲海坊は尋ねた。

「それが、今年の春、酔っ払った遊び人に絡まれた時、お助け戴いたのが縁にございます」

「酔っ払いに絡まれ、助けられた……」

雲海坊は眉をひそめた。

「左様にございます……」

おまちは頷いた。

遊び人を金で雇っての狂言……。

雲海坊の勘が囁いた。

「それで、ああして密かに逢うようになられたのですか……」

「はい。ですが、何分にも相手はお坊さまです。この先、どうなるかと思うと……」

おまちは、不安に顔を歪めた。

「仰《おつしや》る通りにございます。御存知の通り、我ら仏にお仕えする出家は女犯《にょぼん》禁制。妻を持つ事は許されておりませぬ。それなのに幾人もの娘御との深い拘わり。この事、御公儀に知れれば厳しく仕置され、相手の娘御も只では済みませぬ……」

雲海坊は、それとなく不安を煽った。

おまちは、恐怖に身震いした。

「まこと、浄空は仏の教えを蔑《ないがし》ろにする罰当たり者にございます」

雲海坊は、怒りを浮べて見せた。

「雲海さま、どうしたら宜しいのでございましょうか……」

おまちは困惑した。

「左様。頭ごなしに咎《とが》めるのは火に油を注ぐようなもの。此処は浄空だけに厳しい仕置を受けさせなければなりません……」

「そのような事、出来るのですか……」

おまちは、縋る眼差しで雲海坊を見詰めた。

「出来ぬ事はありますまい。その代わり、おまちさん、いろいろお手伝い願うかもしれませぬぞ」

「はい。雲海さま、どうか宜しくお願い致します」

おまちは、藁《わら》にも縋る想いで雲海坊に深々と頭を下げた。

神田明神門前は行き交う参拝客で賑わった。

日本橋室町二丁目の呉服屋『吉乃屋』は、娘おきくの弔《とむら》いを終えても大戸を閉めて商いを休んでいた。

主の清左衛門とおたえ夫婦は憔悴して寝込み、店は番頭の仁兵衛が取り仕切り、奉公人たちは弔いの後始末をしていた。

由松は、女中頭のおときを蕎麦屋に誘った。

女中頭のおときは、吐息を洩らしながら蕎麦をすすった。

「金を持ち出していた……」

由松は戸惑った。

「ええ。番頭さんの話じゃあ、お嬢さま、旦那さまやお内儀さまに内緒で、家のお金を随分と持ち出していたそうでしてねえ……」

女中頭のおときは、蕎麦を食べ続けた。

「お嬢さまが金をねえ……」

お嬢さまのおきくは、家の金を密かに持ち出して男に貢いでいたのだ。

「ええ。大人しくて優しいお嬢さまだったのに、まったく何があったのか……」

おときは、音を立てて蕎麦の出汁《だし》を飲んだ。

「そのお嬢さま付きの女中のおこまだが、好い仲の坊主がいたって話だが、知っているかい……」

「好い仲の坊主……」

おときは、蕎麦をすする手を止めて眉をひそめた。

「ああ。聞いちゃあいないかな……」

「聞いちゃあいないけど、幾ら好い仲になっても所帯の持てない坊主じゃねえ」

おときは首を捻った。

「おこま、所帯を持ちたがっていたのかい」

「そりゃあもう。女もいい歳になれば、誰でも所帯と子供を持ちたくなりますよ」

おときは苦笑した。

「じゃあ、所帯や子供の持てない坊主と好い仲なんかにならないか……」

由松は眉をひそめた。

「ええ、そう思いますけど。尤も偽坊主だったり、間もなく還俗《げんぞく》する坊主ってのなら話は別ですけどね」

「偽坊主か間もなく還俗する坊主ねえ……」

〝還俗〟とは、一度、出家した者が俗人に還る事を云った。

由松は、おときの言葉に何故か引っ掛かった。

向島水神の入江に繋がれた屋根船は、隅田川の流れに僅かに揺れていた。

弥平次と勇次は猪牙舟を降り、水神の境内から浄空と大店の娘の乗った屋根船を見張っていた。

半刻程が過ぎ、中年の船頭が水神に戻って来た。

弥平次と勇次は見守った。

中年の船頭は、屋根船に近付いて障子の内に声を掛けた。

「勇次……」

弥平次は、勇次を促して猪牙舟に戻った。

屋根船は、水神の入江を静かに離れて隅田川を下り始めた。

「親分……」

「うん。やってくれ……」

「合点です」

勇次は、弥平次を乗せた猪牙舟を操り、屋根船を追った。

浄空と大店の娘を乗せた屋根船は、隅田川を下って神田川を遡った。

「行き先は昌平橋ですかね」

「ああ。待っているお付きの女中の許に大店の娘を戻すのだろう」

弥平次は睨んだ。

屋根船は、弥平次と勇次の睨み通り昌平橋の船着場に進んだ。

昌平橋の船着場には、お付きの中年女中が不安げな風情で待っていた。

屋根船は、船着場に船縁を寄せた。

大店の娘は、屋根船の障子の内から船着場に降りた。

お付きの中年女中は、大店の娘の肩を抱くようにして足早に船着場を立ち去った。

屋根船は、浄空を乗せたまま再び大川に向かった。

雲海坊が、昌平橋の船着場に駆け下りて来た。

勇次は、弥平次を乗せた猪牙舟を船着場に寄せた。

雲海坊は、猪牙舟に乗り込んだ。

「親分、娘は本郷菊坂台町の袋物問屋松屋のおゆき、女中はおまちです」

「そうか……」

「親分、追いますか……」

勇次は、遠ざかって行く屋根船を示した。

「いや。おそらく橋場の正明寺に戻るのだろう。今日の処はこれ迄だ」

弥平次は、探索の立て直しを考えていた。

夕陽は神田川の上流に沈み始め、流れは眩しく煌めいた。


大川の流れには、幾つもの船の明かりが美しく映えていた。

「橋場の正明寺の住職浄空か……」

秋山久蔵は、厳しさを滲ませた。

「はい。死んだ吉乃屋のおきくの逢引きの相手と見て間違いないでしょう」

弥平次は告げた。

「うむ。で、浄空の野郎、他の大店の娘にも手を出しているのだな」

「はい。本郷菊坂台町の袋物問屋松屋の娘のおゆきにも……」

雲海坊は告げた。

「そして、その浄空、どうやら死んだおきくに金を持ち出させていたそうですぜ」

由松は、呉服屋『吉乃屋』の女中頭のおときから聞いた話を告げた。

「生臭坊主め……」

久蔵は、浄空が金目当てに大店の娘たちを誑し込んでいると睨んだ。

「如何《いかが》致しますか……」

和馬は、久蔵の指示を仰いだ。

「肝心なのは、吉乃屋のおきくの死が身投げなのか殺しなのかだ。そして、浄空がおきくの死にどう拘わっているのかだ」

久蔵は、厳しさを滲ませた。

「では、暫《しばら》く浄空を見張りますか……」

和馬は頷いた。

「うむ。それと、おきく付きの女中、おこまの行方だ……」

「分かりました。おこまの行方は私が追います」

和馬は告げた。

「和馬の旦那。あっしも引き続き、おこまを捜しますぜ」

由松は、和馬に告げた。

「よし。じゃあ、幸吉と勇次、浄空を頼む……」

久蔵は指示した。

「承知しました」

幸吉と勇次は頷いた。

「秋山さま。あっしは……」

雲海坊は膝を進めた。

「雲海坊、お前は浄空に近付いてくれ」

久蔵は、雲海坊に命じた。

「浄空に……」

「ああ。浄空の野郎にちょいとした狂言を仕掛けるぜ……」

「狂言……」

雲海坊は戸惑った。

「うむ。浄空に狂言を仕掛け、悪党の本性を暴いてやる……」

久蔵は、皮肉っぽい笑みを浮べた。

行燈《あんどん》の明かりは揺れた。


浅草橋場町正明寺の境内には、枯葉や塵《ちり》を燃やす煙が揺れながら立ち昇っていた。

幸吉と勇次は、橋場町の船着場に猪牙舟を繫ぎ、正明寺を見張り始めた。

本堂から経を読む声が流れて来た。

「浄空の奴。今頃、朝の御勤めですか……」

勇次は、既に昇っている朝日を眩しげに見上げた。

「生臭坊主だ。昨夜、何をしていたのか。ま、これで浄空が寺にいるのがはっきりした……」

幸吉は、嘲りを浮べた。

「幸吉の兄貴……」

勇次は、浅草からの道を示した。

托鉢坊主がやって来た。

「雲海坊の兄貴です……」

「おう……」

幸吉は、物陰から雲海坊に笑い掛けた。

雲海坊は、饅頭笠をあげて幸吉と勇次に笑顔を見せ、正明寺の山門を潜って行った。

「上手《うま》く行くといいがな……」

幸吉と勇次は見送った。

本堂での読経は続いていた。

囲炉裏端に団子の包みが置かれた。

「団子、後で召し上がって下さい」

雲海坊は、寺男の茂造に笑い掛けた。

「それはお気を遣わせたようで。どうぞ……」

茂造は茶を差し出した。

「忝のうございます」

雲海坊は、礼を述べて茶を飲んだ。

本堂での読経が終わった。

「浄空さま、御勤めが終わったようにございますね」

「はい。昨夜、檀家の法事で遅くなりましてね……」

茂造は、浄空の為に茶を淹れ始めた。

「それはそれは、御挨拶をしたいと思いますので、お取り次ぎをお願いします」

「はい。少々お待ち下さい」

茂造は、浄空の茶を持って庫裏の奥に進んで行った。

雲海坊は、庫裏の奥の様子を窺った。

庫裏の奥からは物音や人の声は聞こえず、静けさに満ちていた。

僅かな時が過ぎ、茂造が庫裏に戻って来た。

「如何でした……」

「お逢いになるそうです。どうぞ……」

茂造は、雲海坊を奥に誘った。


浄空は袈裟《けさ》を外し、寛いだ様子で茶を飲んでいた。

「お邪魔を致します」

「やあ。雲海どの……」

「浄空さま。過日はお世話になりました。近くに用があって来ましたので、御挨拶に参上致しました」

「それは御丁寧に……」

雲海坊と浄空は挨拶を交わした。

「いいえ。それに少々、御相談したい事がありまして……」

「相談したい事……」

浄空は、微かな戸惑いを浮べた。

「はい。私は今、柳橋の船宿にお世話になっているのですが、そこのお嬢さまが気鬱《きうつ》の病を患い、何人ものお医者さまに診《み》ていただいたのですが、少しも良くならないのです」

雲海坊は眉をひそめた。

「それはそれは御心配な……」

「はい。船宿の御主人夫婦もお嬢さまの気鬱の病が治るのなら何でもすると仰っていましてね。何か良い手立てはないものかと……」

「雲海どのは……」

「私は用が終わり次第、水戸に戻らなければなりませんので……」

「そうですか……」

「如何でしょうか、浄空さま。何か良い手立てを御存知ないでしょうか……」

「手立てがない事もないですが、気鬱の病のお嬢さまに一度、逢ってみなければ何とも……」

「ならば、今夜にでも柳橋の船宿にお出でになって、是非ともお嬢さまにお逢い下さい」

「はあ。私で良ければ……」

浄空は、微笑みを浮べて頷いた。

「忝のうございます」

雲海坊は、浄空に深々と頭を下げた。

四

正明寺を訪れる者は少なかった。

幸吉と勇次は、物陰から見張りを続けた。

雲海坊が、寺男の茂造に見送られて出て来た。

「上手く行ったんですかね……」

「きっとな……」

幸吉と勇次は、茂造に挨拶をして帰る雲海坊を見送った。

茂造は、雲海坊を見送って庫裏に戻った。

雲海坊が、裏路地を迂回《うかい》して幸吉と勇次の許にやって来た。

「どうでした……」

勇次は、身を乗り出した。

「どうにか食いついた。今夜、笹舟に来るぜ」

雲海坊は笑った。

「そいつは良かった」

「うん。だが、生臭の浄空だ。柳橋の笹舟がどんな船宿か探りを入れるだろうな」

雲海坊は、久蔵や弥平次と打ち合わせた通り、柳橋の船宿『笹舟』の養女のお糸が気の病を患っていると告げた。

「油断はならないか……」

「ああ……」

「寺男の茂造です……」

勇次は、出掛けて行く茂造に気付いた。

茂造は、足早に浅草に向かった。

「行き先、ひょっとしたら柳橋ですかね……」

勇次は眉をひそめた。

「うん。雲海坊、勇次の猪牙で先に戻った方が良さそうだな」

「ああ。勇次、頼む……」

「承知……」

勇次と雲海坊は、橋場町の船着場に急いだ。

幸吉は、正明寺の見張りを続けた。


呉服屋『吉乃屋』は、大戸を閉めたままだった。

番頭の仁兵衛たち奉公人は、店の片付けをしながら主の清左衛門おたえ夫婦の立ち直るのを待っていた。

和馬と由松は、女中頭のおときを蕎麦屋に呼び出した。

「あら、まあ、今日は同心の旦那も御一緒ですか……」

おときは、和馬と由松のいる小座敷にあがって来た。

「やあ。宜しく頼むぜ。ま、一杯やってくれ」

和馬は、おときに猪口を渡して徳利を差し出した。

「あら、嬉しい。戴きます……」

おときは、和馬の酌を受けた。

「じゃあ、旦那と由松さんにも……」

おときは、和馬と由松に酌をして酒を飲んだ。

「で、おときさん、おこまの事で何か新しい事、分かったかい……」

由松は訊いた。

「それなんだけどね、由松さん。吉乃屋に出入りをしている富山の薬売りが久し振りに今朝ほど来ましてね。おこまに良く似た女を見掛けたそうですよ」

おときは眉をひそめた。

「おこまに良く似た女を見掛けた……」

由松は、思わず問い質した。

「ええ。昨日の昼間、見掛けたってんです」

「昨日の昼……」

「何処でだ」

和馬は身を乗り出した。

「本所は中《なか》ノ郷瓦町《ごうかわらまち》の長屋だそうですよ」

「中ノ郷瓦町か……」

「ええ……」

「和馬の旦那、本所中ノ郷瓦町なら浅草の橋場町とは、隅田川を挟んでいますが大して遠くはありませんぜ」

「ああ。で、そのおこまに良く似た女のいた長屋、中ノ郷瓦町の何て名の長屋だ」

「さあ、おこまに似た女が入って行くのをちらりと見ただけで、長屋の名前迄は分からないってんですよ」

おときは首を捻った。

「分からないか……」

和馬は眉をひそめた。

「ええ。でも、長屋の木戸に柳の木が一本あったそうですよ」

おときは、己の猪口に手酌で酒を満たした。

「木戸に柳の木のある長屋だね……」

由松は念を押した。

「ええ……」

おときは頷き、猪口の酒を飲み干した。

「和馬の旦那……」

「うん。行ってみるしかあるまい」

和馬は頷いた。


柳橋の船宿『笹舟』の暖簾は、川風に小さく揺れていた。

正明寺の寺男の茂造は、船宿『笹舟』の周囲にそれとなく聞き込んだ。

船宿『笹舟』は、主の弥平次おまき夫婦と養女のお糸がおり、船頭や女中たち奉公人がいた。

気鬱の病を患っているのは、その養女のお糸なのだ。

茂造は、船宿『笹舟』の船着場で屋根船の淦《あか》取りをしている老船頭に近付いた。

「やあ。親方……」

「おう。どちらさんだい……」

老船頭の伝八は、日に焼けた顔に笑みを浮べた。

「へい。実は茅場町《かやばちょう》の米問屋の若旦那が、こちらのお嬢さまを見初めましてね」

茂造は、縁談話を装った。

「へえ、うちのお嬢さんを見初めるとは、眼の高い若旦那だな」

「そりゃあもう。で、旦那さまがどんなお嬢さまかと気にされましてね。それで、あっしに……」

「そいつは大変だな……」

伝八は苦笑した。

「まあ……」

茂造は、伝八に釣られるように苦笑した。

「うちのお嬢さんは、器量好しの上に帳場を任されているしっかり者でな。俺たち奉公人にも優しい人だ。心配は無用だぜ」

「それはそれは……」

奉公人が主筋《しゅうすじ》の者を誉めるのは話半分……。

茂造は、腹の中で笑った。

「だが、今はちょいとな……」

伝八は、白髪《しらが》混じりの眉をひそめた。

「今、どうかしたんですか……」

「うん。ちょいと病を患っていてな……」

伝八は、心配げに言葉を濁した。

「そうですか……」

雲海の云っている事に間違いない……。

茂造は見定めた。


蕎麦屋『藪十《やぶじゅう》』の窓の外には、神田川と船宿『笹舟』が見えた。

茂造は窓辺に座り、亭主の長八《ちょうはち》に酒とせいろ蕎麦を注文した。

「少々、お待ちを……」

長八は、茂造の注文を取って板場に入って行った。

茂造は、窓から船宿『笹舟』を窺った。


「野郎だな……」

長八は、店にいる茂造を示した。

「ええ。茂造です……」

雲海坊は頷いた。

蕎麦屋『藪十』の主の長八は、柳橋の弥平次の手先を長年に渡って務めていた。

「野郎、暫く笹舟を見張るつもりだな」

長八は、茂造の動きを読んだ。

「笹舟を見張るのは藪十が一番ですからね」

雲海坊は苦笑した。

弥平次は、そうした蕎麦屋『藪十』を居抜きで買い取り、古手の手先の長八に営ませていた。

長八は、盆に徳利と猪口を載せて茂造の許に向かった。

雲海坊は、船宿『笹舟』に先に戻り、弥平次に茂造が来るかもしれないと報せていた。

弥平次は、おまき、お糸、長八、伝八たちを呼び、奉公人と隣近所の者たちに話を合わせるように頼めと指示した。

隣近所の者たちは、普段から弥平次とおまきの世話になっており、話を合わせる事を引き受けてくれた。

茂造は、船宿『笹舟』の主・弥平次が岡っ引なのに気付く事はなかった。

茂造は、徳利一本の酒をすすりながら船宿『笹舟』を見張り続けた。

「おまちどお……」

長八は、茂造の前にせいろ蕎麦を置いた。

「おう。父っつぁん、船宿の笹舟、繁盛しているのかい……」

茂造は、窓の外に見える船宿『笹舟』を示した。

「そりゃあもう、大繁盛だよ」

長八は笑った。

「へえ。旦那と女将さん、商い上手なのかい」

茂造は、探りを入れてきた。

「まあ、旦那はそれ程でもないが、女将さんとお嬢さんは商い上手だな」

「そうか、女将さんとお嬢さんがね……」

金はありそうだ……。

茂造は睨んだ。

「ああ。そう云やあ、近頃、お嬢さんは見掛けないな……」

長八は、眩しげに眼を細めて船宿『笹舟』を眺めた。

「ほう。具合でも悪いのかな……」

茂造は鎌を掛けた。

「さあな……」

長八は、知らぬ振りをした。

「知らないか……」

茂造は、酒をすすった。

お店の娘の様子を近くに住む者が皆、知っている筈はない。だが、雲海の云った事にほぼ間違いはないようだ。

茂造は見定めた。

「お前さん、笹舟に何か用なのかい……」

長八は眉をひそめた。

「いや。別に……」

茂造は惚けた。

「だったら蕎麦、伸びねえ内に食うんだな」

長八は、茂造に笑い掛けた。

「ああ……」

これ以上は怪しまれる……。

茂造は、聞き込みを止めてせいろ蕎麦をすすった。

「美味いだろう……」

長八は、厳しい眼で茂造を見詰めた。

四半刻（三十分）後、茂造は蕎麦屋『藪十』を出て浅草御門に向かった。

浅草御門を渡り、蔵前《くらまえ》の通りを浅草に向かい、橋場町の正明寺に帰る。

弥平次は、雲海坊と柳橋の袂から見送った。

「茂造の野郎、いろいろ探りを入れていましたぜ」

長八が、蕎麦屋『藪十』から出て来た。

「御苦労だったな。お陰でどうにか上手くいったようだ」

弥平次は、長八を労《ねぎら》った。

「後は浄空の生臭振りを暴くだけですぜ」

雲海坊は嘲笑を浮べた。

「ああ……」

弥平次は、厳しい面持ちで浅草御門に去って行く茂造を見詰めた。

隅田川は、源森川《げんもりがわ》の流れを飲み込んで滔々と続いていた。

両国橋を渡って大川沿いを来た和馬と由松は、吾妻橋の東詰を抜けて源森川沿いを東に曲がって中ノ郷瓦町に向かった。

中ノ郷瓦町は、その名が示すように今戸焼きの瓦屋が多く、幾つもの窯《かま》から煙が立ち昇っていた。

和馬と由松は、中ノ郷瓦町の木戸番屋を訪れ、木戸に柳の木のある長屋を知っているか尋ねた。

「ああ。木戸に柳の木のある長屋なら源助《げんすけ》長屋ですよ」

木戸番は知っていた。

「和馬の旦那……」

「うん。その源助長屋、何処だ……」

「旦那。宜しけりゃあ、御案内しますが……」

木戸番は告げた。

「よし。そうして貰おう……」

和馬と由松は、木戸番に案内されて源助長屋に向かった。

柳の木は、微風に緑の枝葉を揺らしていた。

和馬と由松は、木戸番に案内されて源助長屋を訪れた。

「処でこの源助長屋に近頃、引っ越して来た者がいる筈だが……」

和馬は、木戸番を厳しく見据えた。

「ええ。一人おりますが……」

木戸番は、微かな戸惑いを浮べた。

「そいつの家は何処ですかい……」

由松は訊いた。

「一番奥の家ですが……」

「よし……」

和馬と由松は、木戸番を促して奥の家に向かった。

木戸番は、奥の家の腰高障子の前に佇んで和馬を窺った。

和馬は、腰高障子を叩けと木戸番に目配せをした。

木戸番は、微かな緊張を滲ませて腰高障子を叩いた。

「どなたですか……」

家の中から女の声がした。

和馬は、木戸番に頷いて見せた。

「へい。瓦町の木戸番ですが……」

「はい……」

腰高障子が開き、家の中から女が怪訝な面持ちで出て来た。

由松は透かさず戸口に足を入れ、腰高障子を閉めるのを防いだ。

女は顔色を変えた。

「おこまだな……」

和馬は、女を見据えた。

女は、強張った面持ちで頷いた。

「捜したぜ」

和馬は笑った。

女は、呉服屋『吉乃屋』のお嬢さま付きの女中のおこまだった。

和馬と由松は、漸くおこまに辿り着いた。

「目高《めだ》かあー、金魚ぅー」

行商の金魚売りの売り声が、通りから長閑《のどか》に響き渡った。


大番屋の詮議場は、血と汗の臭いが微かに漂っていた。

由松と小者は、おこまを土間の筵《むしろ》に引き据えた。

座敷に久蔵が座っており、框《かまち》に和馬が腰掛けていた。

「さあて、おこま。呉服屋吉乃屋の娘おきくがどうして死んだか、仔細を話して貰おう」

和馬は、厳しい面持ちで尋問を始めた。

「はい……」

おこまは、疲れ果てた面持ちで頷いた。

既に観念している……。

久蔵は睨んだ。

おこまは、おそらく浄空との拘わりに疲れ果てているのかもしれない。

俯《うつむ》いているおこまの解《ほつ》れ髪が、隙間風に吹かれて淋しげに揺れた。

久蔵は、おこまに哀れみを覚えた。

おこまは、呉服屋『吉乃屋』の娘おきくの死と浄空について何もかも話した。


正明寺の屋根は夕陽に輝いた。

幸吉と勇次は、見張りを続けた。

浅草橋場町の船着場から、雲海坊がやって来た。

「どうだ……」

「変わりはないぜ」

「よし。じゃあ、浄空の野郎を笹舟に連れていくぜ」

幸吉は頷いた。

「ああ。俺たちは茂造を押えて戻る……」

「うん。じゃあな……」

雲海坊は、幸吉や勇次と短く打ち合わせをして正明寺の山門を潜って行った。


夕暮れの大川に船の明かりが浮かんだ。

伝八の操る屋根船は、雲海坊と浄空を乗せて大川を下り、柳橋の船宿『笹舟』の船着場に船縁を寄せた。

「さあ。旦那さまと女将さんがお待ち兼ねでございますよ」

雲海坊は、浄空を『笹舟』に誘った。

「はい……」

浄空は、雲海坊に誘われて船着場から『笹舟』に向かった。

「銀流しの生臭坊主が……」

伝八は、蔑む眼差しで見送った。

船宿『笹舟』の奥座敷は、静けさに満ちていた。

浄空は、『笹舟』の主夫婦と気鬱を患っている娘が来るのを待っていた。

「浄空さま……」

雲海坊が声を掛けて襖を開け、弥平次とおまきがお糸を伴って入って来た。

「浄空さま。こちらが笹舟の旦那さまに女将さん。それにお嬢さまにございます」

雲海坊は、浄空に弥平次、おまき、お糸を引き合わせた。

「主の弥平次です。浄空さま今宵《こよい》はお見え下さいまして忝のうございます」

弥平次は挨拶をした。

「浅草橋場町は正明寺の住職、浄空にございます。お役に立てれば宜しいのですが。お糸さまにございますか……」

浄空は、弥平次の背後にいるお糸に微笑み掛けた。

「お糸……」

おまきは、お糸を促した。

「はい。お糸にございます」

お糸は、浄空に頭を下げて俯いた。

「お糸さん、何かお心を患わせるものがおありのようですね……」

浄空は、お糸を見詰めた。

「はい……」

お糸は、云い難そうに俯いたまま頷いた。

「旦那さま、お糸さんと二人にしては戴けませぬか……」

「は、はい。では、浄空さまには何分にも宜しくお願い致します。おまき……」

「はい……」

弥平次とおまきは、雲海坊と共に奥座敷を出て行った。

奥座敷には、お糸と浄空の二人が残った。

「お糸さま。私は仏に仕える出家。お心を患わせるものが何かお話し下さい。さすれば、お心が安らかになる筈にございます……」

浄空は微笑みながら囁き、それとなくお糸の手を取った。

お糸は、思わず手を引いた。だが、浄空はお糸の手を握り締めた。

「そうやってお店の娘を誑し込むのか……」

久蔵が、次の間から現れた。

浄空は激しく狼狽え、お糸の手を離して立ち上がろうとした。

刹那、お糸が逆に浄空の手首を摑んで捻り、その足を払った。

浄空は、一回転して背中から落ちた。

幸吉、由松、勇次たちが廊下から雪崩《なだ》れ込み、無様に倒れた浄空に折り重なった。

「止めろ。何をしやがる……」

浄空は、激しく顔を歪めて怒鳴り、抗った。

「御苦労だったなお糸。氏素性は隠せないな」

久蔵は、お糸に笑い掛けた。

お糸は、自分が浪人の娘だったのを思い出し、思わず苦笑した。

「お糸、危ない真似はするなと云った筈だぞ。早くおっ母さんの処に行きな」

弥平次が、雲海坊と共に入って来てお糸を叱った。

「はい。御免なさい、お父っつぁん……」

お糸は、悪戯っぽく笑って出て行った。

幸吉、由松、勇次は、浄空を久蔵の前に引き据えた。

「くそっ……」

浄空は、醜く顔を歪めて血走った眼で久蔵を睨み付けた。

「お前が生臭坊主の浄空か、俺は南町奉行所吟味方与力の秋山久蔵だ……」

久蔵は、嘲笑を浮べながら告げた。

「秋山久蔵……」

浄空は、久蔵の名を知っていたらしく息を飲んだ。

「ああ。浄空、手前、博奕の借金を返す金が欲しくて、何人もの大店の娘を誑し込み、金を持ち出させていた。そして、そいつに気付いた呉服屋吉乃屋の娘のおきくを夜中に呼び出し、日本橋川に突き落として殺した……」

「証拠は、俺がおきくを日本橋川に突き落とした証拠はあるのか……」

浄空は、嗄れた声を怒りに震わせた。

「浄空、おこまはもうお前の云いなりになるのに疲れ果てたそうだぜ」

「おこま……」

浄空は呆然とした。

「ああ。何もかも吐いた」

「おこまの馬鹿が……」

浄空は、満面に憎悪を浮べた。

「浄空、馬鹿なのは俺たちの狂言に乗ったお前の方だぜ」

久蔵は嘲笑を浴びせた。

「騙《だま》したな……」

浄空は、弥平次と雲海坊に怒りに血走った眼を向けた。

「俺は岡っ引の柳橋の弥平次だよ……」

「柳橋の身内の雲海坊だ」

「浄空、お前に弄ばれた娘たちの恨み。思い知るんだな」

弥平次と雲海坊は、浄空を蔑んだ。

「祟《たた》ってやる。坊主騙せば七代祟るだ。手前らみんなに祟ってやる」

浄空は喚《わめ》いた。

刹那、弥平次は浄空の頰を平手打ちにした。

浄空は、短い悲鳴をあげて倒れた。

幸吉、由松、勇次は、倒れた浄空を乱暴に引き起こした。

「浄空。往生際《おうじょうぎわ》が悪過ぎるぜ……」

弥平次は、浄空を見据えて告げた。

「幸吉、大番屋に引き立てな……」

久蔵は命じた。


勇次の操る猪牙舟は、久蔵、幸吉、浄空を乗せて大川を下り、日本橋川沿い南茅場町の大番屋に向かった。

「おきく、おゆき、おさき、おちよ……」

浄空は眼を瞑《つむ》り、経を読むかのように女の名を呟いた。

「浄空、そいつは騙したお店の娘の名か……」

久蔵は睨んだ。

「俺のやった事を裁こうってのなら、俺に抱かれて金を持ち出したお店の娘をみんな白州《しらす》に呼ぶんだな……」

浄空は、酷薄《こくはく》さを露わにして狡猾《こうかつ》な眼を久蔵に向けた。

「浄空、手前、何処迄汚ねえんだ……」

幸吉は熱《いき》り立った。

「どうせ磔獄門《はりつけごくもん》になるのなら、大店の娘たちを道連れにしてやるぜ……」

浄空は、残忍に笑った。

「浄空……」

久蔵は、浄空を見据えた。

浄空に抱かれて金を持ち出した大店の娘たちは、その名を白州で叫ばれたら天下に生き恥を晒《さら》す事になり、自害する者も現れるかもしれない。

「どうしても、お前が騙した大店の娘たちを道連れにする気か……」

久蔵は念を押した。

「ああ。そいつが坊主の祟りだ……」

浄空は、顔を醜く歪めて笑った。

刹那、久蔵は僅かに動いた。

脇差が閃いた。

浄空は凍て付き、呆然とした面持ちで久蔵を見詰めた。

幸吉と勇次は、久蔵と浄空を見守った。

浄空の胸は久蔵の脇差に突き刺され、着物に赤い血が滲んで広がった。

「あ、秋山……」

浄空は、苦しげに声を嗄らして久蔵に縋り付いた。

「祟れるものなら、俺に祟ってみな……」

久蔵は不敵に云い放ち、浄空の胸を刺した脇差を引き抜いた。

浄空は喉を鳴らし、猪牙舟の船底に崩れ落ちて息絶えた。

「秋山さま……」

幸吉は喉を鳴らした。

「破戒僧の浄空にこれ以上、勝手な真似はさせねえ……」

久蔵は、脇差に拭いを掛けて鞘に納めた。

夜の大川は、船遊びをする船の明かりで賑わった。


久蔵は、浄空の片棒を担いでいた寺男の茂造を死罪に処し、おこまを江戸十里四方払いにした。そして、浄空の余りの非道さに呆れ、手討ちにしたと町奉行荒《あら》尾但馬守《おたじまのかみ》に届け出た。

事なかれ主義の荒尾但馬守は、面倒を恐れて久蔵の届け出を握り潰した。

破戒僧・浄空の始末は終わった。

第三話
見廻り

一

文月《ふみづき》——七月。

晴天の日の虫干し、井戸の掃除の井戸替え、五節句の一つの七夕祭、祖先の霊を慰めるお盆などの行事が続く。

八丁堀御組屋敷街《はっちょうぼりおくみやしきがい》は、南北両町奉行所の与力・同心たちの出仕の刻限も過ぎ、静けさを取り戻していた。

岡崎町《おかざきちょう》の秋山屋敷に一子・大助の幼い声が響いた。

そろそろ見廻りの刻限か……。

表門脇の植込みの手入れをしていた太市は、微笑みを浮べて与平とお福の隠居所を見た。

隠居所の木戸が開き、大助が与平の手を引いて出て来た。

「見廻りですか、大助さま……」

「うん。じいじと見廻り」

大助は、大声で告げた。

「御苦労さまです、与平さん……」

「なあに、俺の足腰にも丁度良い見廻りだ」

与平は苦笑した。

「行こう。じいじ……」

大助は、与平と手を繋いで屋敷の表門に向かった。

「お気を付けて……」

太市は見送った。

大助と与平は、八丁堀御組屋敷街の散歩を毎朝の日課としていた。

香織とお福や太市は、大助と与平の散歩を見廻りと呼んでいた。

見廻りは、幼い大助と年老いた与平の足慣らしに丁度良いものと云えた。

香織は、太市に命じて見廻りの道筋と掛かる刻を調べさせ、万一の異変に備えていた。

与平は、香織の懸念《けねん》を知っており、見廻りの道筋と掛かる刻を守ろうとした。

だが、幼い大助に決まりはなかった。

東に犬がいれば駆け寄り、西に猫を見付ければ追い廻し、南に同じ年頃の子供がいれば立ち止まり、北に虫がいればしゃがみ込む。

大助の見廻りは、興味の広がりと共に道筋と掛かる刻が変わっていく。

それは、大助の成長する姿でもある。

与平は、いつの間にか眼を細めて大助を見守っていた。

大助と与平は、八丁堀組屋敷街の見廻りを楽しんでいた。


四半刻はとっくに過ぎ、半刻近くになった。

大助と与平は、見廻りから戻って来なかった。

いつもなら戻って来ている頃だ……。

太市は、表門を出て辺りに大助と与平の姿を捜した。

以前、与平が発作で倒れ、大助が急を報せに来た事があった。

又かもしれない……。

太市は、微かな不安を覚えた。

「太市……」

香織が、屋敷から出て来た。

「奥さま……」

「未だ戻りませんか……」

「はい。いつもなら戻っている頃なのですが……」

太市は頷き、心配げに通りを見廻した。

「そうですか。きっと犬でも追い掛け廻しているんでしょう……」

香織は落ち着いていた。

「奥さま、ちょいと見て来て良いですか……」

太市は、香織に告げた。

「行ってくれますか……」

香織は微笑んだ。

微笑みには安堵が過ぎった。

香織は武家の妻として狼狽えず、子供の母親としての心配を密かに募らせていた。

太市は、香織の気持ちを知った。

「勿論です。じゃあ、見廻りの道筋を逆に行ってみます」

「お願いします」

「じゃあ……」

太市は駆け去った。

香織は、不安げに太市を見送った。

八丁堀には、町奉行所の与力同心が住む組屋敷だけがあるのではなく、多くの町家もあった。

大助と与平の見廻りの道筋にも町家はあり、顔見知りの者が大勢いた。

与平は大助を連れ、知り合いと言葉を交わしながら北紺屋町《きたこんやちよう》から亀島町《かめじまちよう》川岸通りに出て北に進んだ。

今の処、大助の興味を惹くものはなく、見廻りは順調に進んだ。

後は八丁堀と霊岸島《れいがんじま》を結んでいる亀島橋の西詰を抜け、地蔵橋の架かっている掘割沿いの道を西に戻ればいい。

大助と与平は、亀島橋の西詰に差し掛かった。

「あっ……」

大助は、亀島橋に駆け寄った。

「大助さま……」

与平は、慌てて大助を追った。

大助は、亀島橋の欄干に摑まって亀島川の船着場を見下ろしていた。

「犬でもいましたか……」

与平は、大助を抱くようにしゃがみ込んで船着場を見下ろした。

船着場に船は繫がれていなく、女が倒れていた。

「あっ……」

与平は驚いた。

「じいじ……」

大助は、驚いた与平の半纏の裾を小さな手で握り締めた。

「大助さま、自身番に報せましょう」

与平は、大助を連れて亀島町の自身番に急いだ。

亀島町の自身番の者たちは、与平や大助と顔見知りだった。

与平の報せを受けた自身番の店番《たなばん》は、番人と木戸番を連れて亀島川の船着場に走った。

「じいじ……」

大助は、店番たちに続こうと与平の手を引いた。

「へ、へい……」

与平は、大助と共に店番たちに続いた。

女は死んではいなく、意識を失っているだけだった。

店番たちは、女の様子を見た。

女は五十歳前後で質素な形《なり》をした町方の女であり、怪我をしている様子はなかった。

店番たちは、女を自身番に運んで医者を呼んだ。

「御苦労さまでしたね。与平さん……」

店番は、与平に茶を差し出した。

「すまないね……」

「いいえ。はい、大助さま……」

店番は、大助に煎餅《せんべい》を渡した。

「ありがとう……」

大助は、煎餅を手にして頭を下げた。

「どう致しまして……」

店番は微笑み、会釈をした。

「賢いだろう。うちの大助さまは……」

与平は、老顔を崩して自慢した。

「ええ。流石《さすが》は秋山家の若さまだね」

「ああ。で、何処の誰か分かったのかい……」

与平は、自身番の板の間に寝かされている女を示した。

「そいつが、何処の誰か分かるような物は何も持っちゃあいませんでしたよ」

店番は眉をひそめた。

「与平さん……」

太市が、自身番にやって来た。

「おう。どうした、太市……」

与平は笑った。

「太市ちゃん……」

大助は、煎餅を頰張っていた。

「帰りが遅いんで、心配しましたよ」

太市は安堵した。

「そうか、心配したか……」

与平は、楽しげに笑った。

「そりゃあもう。奥さまもね……」

太市は、与平を睨んだ。

「奥さまも。そいつは拙《まず》いな……」

与平は狼狽えた。

「ええ。自身番で油を売っていたと知れると、お福さんも黙っちゃあいませんよ」

太市は、与平の古女房のお福の名を出した。

「違う。違うぜ、太市。なあ……」

与平は怯え、自身番の店番に助けを求めた。

「ええ。太市さん、与平さんは、あの女が倒れているのを見付けて報せてくれたんですよ」

店番は、奥の板の間で寝ている女を示した。

「女……」

太市は、板の間に五十歳前後の女が寝ているのに気が付いた。

「ああ。亀島川の船着場に倒れているのを大助さまが見付けてな。此処に報せたりしていたんだぜ」

与平は、眉をひそめて告げた。

「そうでしたか、良く分かりました。とにかく早く御屋敷に帰りましょう」

「そうだな……」

与平は頷いた。

「大助さま、さあ、太市が負んぶしますよ」

太市は、大助に背を向けた。

「うん……」

大助は、太市の背に乗った。

「御造作をお掛けしました……」

太市は、店番に挨拶をして自身番を出た。

「じゃあな……」

与平は、店番に笑顔を残し、大助を負ぶって行く太市に続いた。

大助を背負った太市と与平は、岡崎町秋山屋敷の表門を潜った。

玄関先に香織がいた。

「母上……」

大助が逸早《いちはや》く気付き、太市の背から叫んだ。

香織は、大助、太市、与平に気付いて微笑んだ。

太市は、大助を背中から下ろした。

「母上……」

大助は、香織に駆け寄った。

「お帰り。与平、見廻り、御苦労さまでした」

香織は、大助を抱き上げて与平を労った。

「遅くなり、御心配をお掛けして申し訳ございませんでした……」

与平は詫びた。

「いいえ。何事もなかったようで何よりです」

香織は微笑んだ。

「奥さま、大助さまと与平さんは、亀島川の船着場で倒れている女の人を見付け、自身番に報せたりして遅くなっていました」

太市は、香織に告げた。

「倒れている女の人……」

香織は眉をひそめた。

「はい。大助さまが見付けましてね。本当に賢い……」

与平は、香織にも大助自慢を始めた。

太市は苦笑した。


八丁堀は夕闇に覆われた。

「ほう。亀島川の船着場に女が気を失って倒れていたのか……」

南町奉行所吟味方与力の秋山久蔵は、妻の香織の介添えで着替え、茶を飲みながら尋ねた。

「はい。与平と大助が見廻りの途中で見付けて自身番に報せたとか……」

香織は、次の間で久蔵の脱いだ羽織袴《はかま》を畳みながら告げた。

「与平と大助の見廻り、中々役に立つな。それでその女、どうしたんだ」

久蔵は苦笑しながら香織に尋ねた。

「それが、私も気になり、太市を自身番に聞きにやったのでございます。そうしたら……」

香織は、羽織袴を畳み終えて久蔵の前に座った。

「そうしたら、どうした……」

「いつの間にか姿を消してしまったとか……」

香織は、怪訝な面持ちで告げた。

「姿を消した……」

久蔵は眉をひそめた。

「近くで小火《ぼや》騒ぎがあり、自身番の者たちが忙しく駆け廻っている間に……」

「そうか。姿を消したか……」

「はい。気を取り戻して恥ずかしくなり、自分から姿を消したのならいいのですが……」

香織は、女が何者かに無理矢理に連れ去られた場合を恐れていた。

「自身番に争ったような痕《あと》でもあったのか……」

「太市の見た処、争った様子は見当たらなかったと……」

「だったら、女は己の裁量で姿を消したのだろうな」

久蔵は、太市の見方を信用した。

「ええ。でも、いつの間にか姿を消すなどと、何か訳があるのでしょうね」

香織は眉をひそめた。

「うむ……」

久蔵は、微温《ぬる》くなった茶を飲み干した。

燭台の明かりが瞬《また》いた。


南町奉行所の用部屋は陽差しに溢れていた。

定町廻り同心の神崎和馬は、着物の胸元をはだけて扇子で風を送りながら久蔵が来るのを待っていた。

「おう。待たせたな……」

久蔵が戻って来た。

「いえ……」

和馬は、胸元を直して居住まいを正した。

「で、秋山さま、御用は……」

「うむ。五日前、築地《つきじ》に屋敷のある旗本の隠居が出掛けたまま行方知れずになってな……」

「旗本の隠居が行方知れず……」

和馬は眉をひそめた。

「ああ。隠居は六十歳を過ぎたばかりで、当主の倅が密かに捜してくれぬかと、年番方の結城《ゆうき》さまに頼み込んで来たそうだ」

年番方与力とは、与力の最古参で有能な者が勤め、町奉行所の取締り、金銭の管理、各組の監督や同心諸役の任免などを役目としていた。

「御目付や評定所《ひょうじょうしょ》に届けて、不都合な事にでもなっていたら拙いですか……」

和馬は、隠居の倅で当主の旗本が、年番方与力に密かに頼んできた腹の内を読んだ。

「ま、そんな処だ。で、その行方知れずになった隠居だがな……」

久蔵は、面白そうな笑みを浮べた。

「はい……」

和馬は、思わず身を乗り出した。

「岡場所巡りをしていたそうだ」

「岡場所巡り……」

和馬は戸惑った。

六十歳を過ぎた旗本の隠居が、岡場所巡りをしているのは流石に珍しいものだった。

「ああ。時々、まるで見廻りでもするかのように、決まった岡場所を順に巡り歩いていたそうだな」

「見廻りですか……」

「ああ……」

久蔵は、隠居の岡場所巡りの裏に何かがあると感じている。

和馬はそう睨んだ。

「どうだ。ちょいと築地に行ってみようじゃあねえか……」

久蔵は、冷笑を浮べて和馬を誘った。

二

旗本黒田《くろだ》家の屋敷は、築地西本願寺《にしほんがんじ》の北、土佐《とさ》藩江戸中屋敷の裏手にあった。

久蔵は、和馬を従えて三十間堀《さんじっけんぼり》を渡って木挽町《こびきちょう》を抜けた。

西本願寺や土佐藩江戸中屋敷、そして黒田屋敷一帯は、四方を掘割に囲まれていた。

久蔵と和馬は、土佐藩江戸中屋敷の横手の道を通って黒田屋敷を訪れた。

黒田家当主の帯刀《たてわき》は、久蔵と和馬を書院に通した。

黒田屋敷の書院は、四方を掘割に囲まれた一帯にあるだけに涼やかな風が吹き抜けていた。

当主の黒田帯刀は、厳しい面持ちで書院にやって来た。

「黒田家主の帯刀にございます……」

三十歳前後の帯刀は、痩せた身体を折り曲げて挨拶をした。

「私は南町奉行所吟味方与力秋山久蔵。これなるは定町廻り同心の神崎和馬。仔細を承りに参りました」

「わざわざのお越し、痛み入ります」

帯刀は、吐息混じりに告げた。

「いえ。して、御隠居さまは……」

「未だ戻りませぬ……」

帯刀は、顔を歪めた。

「戻りませぬか……」

「はい。屋敷を出掛けて今日で五日め。一体何があったのか……」

「いつもは、どのぐらい屋敷を空けるのですか……」

「大方はその日の内に戻りますが、時には一晩戻らぬ事も……」

「それが此度は五日も戻りませぬか……」

「はい。還暦も過ぎたと申すのに岡場所巡りなどと……」

帯刀は、心配しながらも腹を立てていた。

「その岡場所巡りですが、いつ頃からですかな……」

「家督を私に譲って隠居した時からですので、去年の夏からになりますか……」

帯刀は、眉をひそめた。

「ならば、かれこれ一年ですか……」

久蔵は念を押した。

「左様……」

帯刀は頷いた。

「付かぬ事をお伺い致しますが……」

和馬は、僅かに膝を進めた。

「何か……」

「御隠居さまが岡場所に通っているのを、どうしてお気付きになられたのですか……」

和馬は尋ねた。

「供をしていた下男が流石に見かねて、密かに私に……」

「そうでしたか。で、どうされました……」

「岡場所を廻るなどと、年甲斐のない真似をするなと咎めました。以来、父は供を従えず一人で出歩くようになったのです」

「そして、一年が経ちましたか……」

「はい。こうなるともう病だと私も諦め、父の岡場所巡りに眼を瞑っていたのですが……」

帯刀は、憮然とした面持ちで告げた。

「出掛けたまま何日も戻らぬとなると、黙ってはいられませぬか……」

「左様にございます」

帯刀は頷いた。

「して、御隠居さまの身の廻りに揉め事などは……」

「さあ、これと申して思い当たる事はございませぬ」

「ありませぬか……」

「はい。父の織部《おりべ》は長年、作事《さくじ》奉行のお役目に就いており、大過なく全うして隠居した実直な人柄と。それなのに……」

帯刀は、苦しげに眉をひそめた。

作事奉行とは、公儀の建物の造営や修繕などを役目としていた。

「それで、御隠居さまは何処の岡場所を巡り歩いていたのか御存知ですかな……」

「はい。いろいろ聞いてはおりますが、当初供をした下男に直にお訊きになられるが良いかと……」

「そうですな。では、空いている中間部屋でもお借りしますか……」

久蔵は頷いた。

「秋山どの、何分よしなにお願い申します」

帯刀は、久蔵に深々と頭を下げた。

千石取りの旗本の家来は二十余人とされているが、泰平の世では十五人程になっていた。

久蔵と和馬は、侍長屋の空き部屋で、隠居の織部の供をして岡場所巡りをした下男の庄助《しょうすけ》と逢った。

下男の庄助は、緊張した面持ちで久蔵と和馬の前に控えた。

「で、庄助、御隠居の織部さまは、何処の岡場所を巡り歩いていたんだい」

久蔵は、庄助に尋ねた。

岡場所とは、幕府公認の吉原以外の非公認の売春街を称した。

江戸四宿の品川、千住《せんじゅ》、新宿、板橋は、江戸の外として飯盛女を黙認され、江戸市中には深川、浅草、根津《ねづ》、音羽町《おとわちょう》など様々な処に岡場所はあった。その最盛期には二百ヶ所程あり、数千人の女郎がいたとされた。そして、岡場所は町奉行所の支配を逃れ、その多くは寺社地にあった。

「はあ。手前の知っている処では、深川の八幡や洲崎《すさき》などの岡場所の女郎屋を……」

庄助は、緊張に声を嗄らして震わせた。

「女郎屋を一軒一軒覗いて歩くのか……」

「はい。手前を岡場所の茶店や蕎麦屋に待たせ、お一人で……」

「一人でな……」

「はい。好みの女郎が見付かる迄、捜すのだと申されまして……」

「一人で好みの女郎を捜すか……」

久蔵は眉をひそめた。

「へえ。御隠居さま、女郎には煩《うるさ》かったようだな」

和馬は苦笑した。

「それはもう……」

庄助は、緊張が解《ほぐ》れたのか小さく笑った。

「で、御隠居さまは、好みの女郎を捜して深川にある岡場所を巡り歩いたのか……」

「はい……」

深川には、富《とみ》ヶ岡八幡宮《おかはちまんぐう》と洲崎弁天の他にも土橋、仲町、安宅《あたけ》、お旅などがあり、俗に深川七場所と称される岡場所があった。

黒田家隠居の織部は、そうした岡場所に好みの女郎を捜し歩いたのだ。

「それで、深川の岡場所で好みの女郎は見付かったのか……」

「いいえ。見付からなかったようで、次の岡場所に行くと……」

庄助は眉をひそめた。

「そいつは、何処の岡場所だ……」

和馬は尋ねた。

「さあ、それは……」

下男の庄助は、申し訳なさそうに首を捻った。

「分からないのか……」

和馬は戸惑った。

「はい。深川の岡場所を巡り歩く御隠居さまに、手前も流石に呆れ、旦那さまに……」

庄助は、帯刀に密かに告げた己を恥じるように俯いた。

「いや。主を心配する忠義な心だ。恥じる事はねえ」

久蔵は誉めた。

「はい……」

庄助は、嬉しげな笑みを浮べた。

「だが、御隠居さまのお供はお役御免にされちまった。そうだな……」

久蔵は笑い掛けた。

「左様にございます」

庄助は頷いた。

「よし。分かった。又、聞きに来るかもしれねえが、今日の処は御苦労だったな」

久蔵は、庄助を労った。

庄助は、久蔵と和馬に深々と頭を下げて侍長屋の空き部屋を出て行った。

「秋山さま……」

「うむ。奉行所に戻るぜ……」

「はい……」

久蔵は、和馬を促して築地の黒田屋敷を後にした。


久蔵と和馬は、数寄屋橋《すきやばし》御門内の南町奉行所に向かった。

「御隠居、好みの女郎を漸く見付けて女郎屋に居続けているんですかね」

和馬は読んだ。

「和馬、隠居の織部が岡場所で捜していたのは、好みの女郎じゃあねえ……」

久蔵は、厳しい面持ちで告げた。

「好みの女郎じゃあない……」

和馬は戸惑った。

「ああ。おそらく古い知り合いでも捜しているんだぜ」

久蔵は睨んだ。

「古い知り合いですか……」

「ああ。とにかく柳橋に此の事を報せ、深川の岡場所を手分けして当たり、隠居の織部について聞き込みを掛けてみるんだな」

久蔵は指示した。

「心得ました」

和馬は頷き、日本橋の通りで久蔵と別れて柳橋に向かった。

久蔵は見送り、日本橋の通りを横切って真っ直ぐ進んだ。やがて、数寄屋河岸になり、外濠に架かる数寄屋橋御門が見えた。

久蔵は、数寄屋橋御門を渡って御門内にある南町奉行所に戻った。

「へえ。還暦の御隠居さんが岡場所巡りですかい……」

柳橋の弥平次は、同じ年頃の黒田家隠居の織部の岡場所巡りに眼を瞠った。

「うん。深川七場所をな……」

和馬は苦笑した。

「そいつは大したもんですねえ……」

弥平次は大いに感心した。

「で、深川に好みの女郎と云うか、捜している相手は見付からなかったようで、次の岡場所に行ったそうだ……」

和馬は眉をひそめた。

「じゃあ、先ずは深川の次に何処の岡場所に行ったのか突き止めるしかありませんね……」

「そいつなんだが、深川の岡場所で聞き込むしか手立てはないかな……」

「ええ。深川の岡場所を巡り歩いた御隠居なら、きっと噂になっている筈です。足取りを追えば、好みの女郎と云うか、捜している相手がどんな者か分かるだろうし、次に何処の岡場所に行ったのかも分かるかもしれません」

「労を惜しんではならぬか……」

和馬は笑った。

深川の岡場所は、富ヶ岡八幡宮創建以来のものである。

深川は江戸城の巽《たつみ》（東南）にあり、『辰巳』の名で親しまれ、北の吉原に対抗していた。

和馬は、幸吉、雲海坊、由松たちと手分けをし、深川の岡場所に旗本の黒田家隠居の織部の足取りを追った。


岡場所は、昼間から客で賑わっていた。

和馬は、幸吉と共に八幡宮前の岡場所の女郎屋に聞き込みを掛けた。

弥平次の睨み通り、隠居の織部は岡場所の者たちの噂になっており、その足取りは直ぐに摑めた。

「ええ。築地の御隠居さまは、三十年も昔に身売りをしてきた女を捜しておりましたよ」

女郎屋の亭主は、隠居の織部の事を良く覚えていた。

「三十年も昔に身売りしてきた女……」

和馬と幸吉は、思わず顔を見合わせた。

三十年も昔の事なら、隠居の織部が三十歳の頃であり、捜している身売りしてきた女は四十歳から五十歳になっている筈だ。

「って事は、もうとっくに年季も終わり、女郎から足を洗っている筈ですね」

年季奉公は普通十年とされており、女郎を哀れむ『苦界《くがい》十年』の言葉の元となっている。

幸吉は、女郎屋の亭主に問い質した。

「きっと……」

女郎屋の亭主は、苦笑しながら頷いた。

「それに、この店、三十年前には未だ商いを始めちゃあおりませんでして……」

「知っている筈もないか……」

「はい」

「して、隠居の捜している三十年前に身売りしてきた女の名は、何て云うんだい」

「静乃《しずの》って女です」

「静乃……」

旗本黒田家の隠居の織部は、三十年前に女郎に身売りした静乃と云う女を捜していた。

和馬と幸吉は、隠居の織部が岡場所巡りをする理由を知った。

富ヶ岡八幡宮鳥居前の蕎麦屋は、客で賑わっていた。

和馬と幸吉は、洲崎弁天の岡場所に聞き込みを掛けた雲海坊や由松と落ち合い、蕎麦屋の二階の座敷で腹拵《はらごしら》えをした。

「やっぱり、静乃か……」

和馬は、蕎麦をすする箸を止めた。

隠居の織部は、洲崎弁天の岡場所でも三十年前に身売りした静乃と云う女を捜していた。

「ええ。洲崎の女郎屋に訊いて歩いていましたよ」

雲海坊は頷いた。

「和馬の旦那、静乃って名前からすると、御隠居の捜している女、武家の出のようですね」

由松は睨んだ。

「ああ。間違いないだろう」

和馬は頷いた。

「御隠居は、三十年前、深川の岡場所に身を売った静乃と云う名の武家の出の女を捜している……」

　幸吉は、隠居織部の岡場所巡りの理由を読んだ。

「きっとな。で、今の処、洲崎の岡場所にも静乃はいなく、知っている女郎屋はなかったのだな」

「はい……」

　雲海坊と由松は頷いた。

　隠居の織部の好みの女郎、捜している相手が、深川の岡場所にいなかったのは、黒田家の下男の庄助の話で知れている事だ。

　おそらく隠居の織部は、静乃の行方を知る手掛かりを摑む為、深川の岡場所を巡り歩いたのだ。そして、隠居の織部は、手掛かりを摑んで次の岡場所に行ったのかもしれないし、静乃を捜しに次の岡場所に向かったとも思える。

「いずれにしろ、隠居が深川の次に何処の岡場所に静乃を捜しに行ったのかだな……」

　和馬は眉をひそめた。

「ええ……」

　幸吉、雲海坊、由松は頷いた。

「よし。静乃の事は云うに及ばず、隠居の織部が何処の岡場所に行ったか。何とか手掛かりを摑むんだぜ」

和馬は、残っていた蕎麦を盛大にすすった。


旗本・黒田家から隠居の織部が戻ったと云う報せはなく、その日は暮れた。

八丁堀岡崎町の秋山屋敷は、主の久蔵が南町奉行所から戻って表門を閉めた。

そして、夕餉《ゆうげ》も済んで一刻程が過ぎた頃、表門脇の潜り戸が叩かれた。

「どなたでしょうか……」

太市は、提灯を手にして潜り戸の外を窺った。

「太市、俺だ和馬だ……」

「和馬の旦那……」

太市は、潜り戸を開けた。

「おう。夜更けに済まないな……」

和馬が入って来た。

太市は、潜り戸の外を見廻し、不審な事のないのを見定めて潜り戸を閉め、閂《かんぬき》を掛けた。

「旦那さまにお取り次ぎします。どうぞ……」

太市は、和馬を屋敷内に誘った。

燭台の明かりは僅かに揺れた。

久蔵は、和馬の報告を聞き終えた。

「で、隠居の織部、深川の岡場所から谷中感応寺門前のいろは茶屋に行ったのか……」

「はい。深川お旅の女郎屋の主が女郎の初音《はつね》、隠居の織部が捜している静乃の事ですが、年季が明けていろは茶屋に移ったのを覚えていましてね。それで……」

深川お旅の岡場所は、深川御船蔵前町《おふなぐらまえちよう》にあり、富ヶ岡八幡宮の御輿《みこし》の休息場であるお旅所にあった処から付けられた名だった。

和馬たちは、深川七場所の岡場所を訊き廻って漸く辿り着いたのだ。

隠居の織部は、静乃こと女郎の初音を捜して谷中いろは茶屋に行った。

「そうか。それにしても三十年前に身売りした女を捜していたとはな……」

隠居の織部とどのような拘わりなのか……。

久蔵は眉をひそめた。

「はい。静乃と云う女ですが、隠居の織部とどんな拘わりなのか。ま、私たちは明日から谷中のいろは茶屋を調べてみます」

「武家の出の静乃か。よし、俺はそいつを調べてみるぜ」

久蔵は、厳しい面持ちで和馬に告げた。

三

辰《たつ》の刻五つ半(午前九時)。

久蔵は、太市を供に屋敷を出て築地の黒田屋敷に向かった。

八丁堀岡崎町から築地の黒田屋敷に行くには、八丁堀に架かっている中ノ橋を渡り、近江国彦根《おうみのくにひこね》藩江戸中屋敷横の往来を進む。そして、西本願寺を囲む掘割に架かる軽子橋《かるこばし》を渡って行くのが早い。

八丁堀には、江戸湊《みなと》からの荷船が往き来していた。

久蔵と太市は、八丁堀に架かる中ノ橋を進んだ。

八丁堀は江戸湊の河口で亀島川と繋がっている。

亀島川か……。

久蔵は、不意にある事に気付いた。

「そう云えば太市、亀島川の船着場に女が倒れていたのは六日前だったな……」

「そうですが、何か……」

「うん……」

六日前は、黒田家の隠居の織部が屋敷を出た日でもある。

同じ六日前……。

何か拘わりがあるのか……。

久蔵の直感は、二つの出来事に拘わりがあると囁いていた。

黒田家の当主・帯刀は、無役の小普請組であり、屋敷にいた。

久蔵は、太市を表門傍の腰掛けに待たせて帯刀に逢った。

「そうですか、御隠居、戻られませんか……」

「はい。で、秋山どのの方は……」

帯刀は、久蔵に期待を滲ませた眼を向けた。

「それなのですが、御隠居の岡場所巡りは深川から谷中のいろは茶屋になったようです」

「谷中のいろは茶屋……」

帯刀は、戸惑いと苛立ちを浮べた。

「ええ……」

久蔵は、帯刀が知らなかったのを見定めた。

「いつ迄も、年甲斐もなく……」

帯刀は、苛立ちを募らせた。

「して黒田どの、静乃と申されるおなごを御存知ですかな……」

「静乃……」

帯刀は眉をひそめた。

「左様。どうやら、その静乃と申すおなごが、御隠居の岡場所巡りの因《もと》らしいのだが……」

久蔵は、帯刀の反応を窺いながら告げた。

「そうですか。拙者《せっしゃ》は存じませぬ」

帯刀は首を捻った。

静乃は三十年前に身売りしており、三十歳前後の帯刀が知らないのに不思議はない。

「ならば、黒田家の昔を良く知っている方はおりませんかな……」

「それならば、用人の柴崎源之丞《しばざきげんのじょう》の母者《ははじゃ》が当屋敷では最も年寄り、当家の事も詳しく知っている筈です」

「その御用人の母者どのに逢わせて戴きたい」

久蔵は頼んだ。


用人の柴崎源之丞の家は、黒田屋敷の敷地内にあった。

帯刀は家来を走らせ、柴崎源之丞の母・菊枝《きくえ》を呼んだ。

菊枝は、戸惑った面持ちでやって来た。

久蔵は、黒田家に拘わる静乃と云う女を知っているか尋ねた。

「静乃さまですか……」

菊枝は眉をひそめた。

「左様。三十年程前に御隠居の織部さまと何らかの拘わりがあったおなごなのだが、御存知ありませんかな……」

「三十年程前に、御隠居さまと拘わりのあった静乃さま……」

菊枝は、昔を思い出すように眼を瞑った。

久蔵は待った。

僅かな時が過ぎた。

菊枝が、不意に短い声をあげて詰めていた息を吐いた。

「何か……」

久蔵は、菊枝を促した。

「思い出しました。静乃さまは、御隠居の織部さまの思い人にございました」

「思い人……」

久蔵は戸惑った。

「はい。あれは私が柴崎に嫁ぎ、御屋敷に来た頃にございました。前の奥方さまを病で亡くされた織部さまは、後添いに御浪人の娘御を娶《めと》ろうとされたのです。ですが、御先代さまや親戚筋の方々の強い反対に遭い、諦められたのでございます」

菊枝は、三十年前を思い出しながら告げた。

千石取りの旗本が、後添えとは云え浪人の娘を妻に迎えるなど滅多にない。

「では、その時の浪人の娘が……」

「静乃さまと申されました……」

「間違いありませんね」

「はい。御先代さまが激怒され、織部さまを勘当廃嫡すると、それはもう大変な騒ぎにございましたので……」

嫁いだばかりの菊枝は、主家である黒田家の騒ぎを忘れる事はなかった。

「左様でしたか……」

「はい……」

菊枝は頷いた。

静乃は、黒田家隠居の織部の思い人だった。

久蔵は知った。

「で、その後、静乃さまは……」

「分かりませぬ」

菊枝は、首を横に振った。

主の思い人が、その後どうなったか家来の妻が知る筈はない。

「そうですか……」

久蔵は頷いた。

その後、織部は帯刀の母を後添いにし、静乃は何故か岡場所に身売りしたのだ。

久蔵は、静乃が岡場所に身売りをしたのが気になった。

「静乃の父親の名と、何処に住んでいたかは分かりますか……」

「名前は分かりませぬが、住まいは確か鉄砲洲《てっぽうず》の波除《なみよけ》稲荷近くの長屋だったかと。はっきりは致しませせぬが……」

菊枝は、自信なさげに告げた。

「いえ。何分にも三十年も昔の事です。良く思い出してくれました。礼を申します」

久蔵は、菊枝に礼を述べた。

鉄砲洲波除稲荷近くの長屋に住んでいた浪人の娘の静乃……。

太市は、久蔵の説明に戸惑った。

「それだけの手掛かりの上に三十年も昔の事だ。難しいと思うが、やれるだけやってみてくれ……」

久蔵は、静乃が何故に身を売ったか仔細を知ろうと、太市に素性の探索を命じた。

「はい。それで旦那さま、その静乃さまは深川の岡場所に身売りしたんですね」

太市は念を押した。

「ああ。それからその昔、黒田家の隠居と恋仲だった……」

「行方知れずの御隠居さまと恋仲だった……」

「ああ……」

「分かりました。では、このまま波除稲荷に参ります」

「うむ。自身番の者や木戸番には、俺の名を使え。それから、こいつは聞き込みや昼飯に遣いな……」

久蔵は、太市に金を渡した。

「はい。では……」

「ああ。気を付けてな、無理はするなよ」

「心得ました」

太市は、久蔵に一礼して掘割に架かる軽子橋に向かった。

鉄砲洲波除稲荷は、黒田屋敷の北東、八丁堀の河口にあり、近くには南八丁堀五丁目の町や本湊町《ほんみなとちょう》があった。

先ずは、その二つの町から……。

太市は波除稲荷に急いだ。

久蔵は見送り、南町奉行所に向かった。

谷中いろは茶屋は、富突きで名高い谷中感応寺門前にあった。

その名の謂《いわ》れは、茶屋がいろは四十八文字と同じ数だけあったからだと云う説などがある。

いろは茶屋は賑わっていた。

「深川七場所に較べりゃあ、どうって事ありませんぜ……」

由松は勢い込んだ。

「ああ……」

和馬は、己を奮い立たせるかのように頷いた。

和馬、幸吉、雲海坊、由松は賑わう岡場所に散り、手分けして黒田織部の足取りを捜し始めた。


鉄砲洲波除稲荷の境内には潮騒が響き、空には鷗《かもめ》が飛び交っていた。

太市は、掘割に架かる軽子橋を渡って八丁堀に向かった。そして、阿波国《あわのくに》徳島藩江戸中屋敷の横手の道を抜け、波除稲荷傍の南八丁堀五丁目の自身番を訪れた。

「三十年前からある長屋……」

自身番の店番は戸惑った。

「はい。あるだけ教えて戴きたいのですが……」

太市は頼んだ。

「あるだけと云ってもなあ……」

店番は、面倒そうに眉をひそめた。

「御造作をお掛けしますが、何とかお願い出来ないでしょうか……」

「お前さん、三十年前からある長屋を探してどうしようってんだい」

店番は、若い太市を胡散臭そうに見詰めた。

「実は手前の主の言い付けでして……」

「主……」

「はい。決して怪しい者ではございません」

「怪しいかどうかは、こっちで決める。主ってのは何処の誰だ……」

店番は、若い太市を中々信用しなかった。

「はい。手前の主は、南町奉行所吟味方与力の秋山久蔵にございます」

太市は告げた。

「あ、秋山久蔵さま……」

店番は、久蔵の名を聞いて仰天した。

「はい。秋山の言い付けで調べているのですが、教えては戴けないでしょうか……」

「そりゃあもう。教えるも何も。ちょ、ちょいとお待ち下さい」

店番は慌てて自身番に入り、一緒に詰めている大家や番人に何事かを告げ始めた。

太市は待った。

和馬、幸吉、雲海坊、由松のいろは茶屋での聞き込みは続いた。

「来ましたか。初音を捜している御隠居……」

雲海坊は、茶屋『鶯《うぐいす》や』の女将に念を押した。

「ええ。お見えになりましたよ」

女将は頷いた。

「それで、初音はこちらに……」

「いえ。うちに初音って女郎はおりませんでしてね。御隠居さんに無駄足を踏ませてしまいましたよ」

　女将は苦笑した。

「そうですか……」

　雲海坊が聞き込んだ茶屋は、『鶯や』で五軒目だった。

　和馬、幸吉、由松たちも、雲海坊同様に聞き込みを掛けている筈であり、訪ねた茶屋はかなりの数になる。

　隠居の織部は、初音の行方を追ってそれだけの茶屋を尋ね歩いているのだ。

　深川の岡場所から谷中のいろは茶屋、巡り歩いた女郎屋はどのぐらいの数になるのか……。

　雲海坊は、黒田家隠居の織部の初音こと静乃に対する執念を知った。


　南八丁堀五丁目に三十年前からある古い長屋は、何軒もなかった。

　太市は、古い長屋を訪ねて三十年前から住んでいる者を捜した。しかし、三十年前から住んでいる者は滅多にいなかった。偶《たま》にいたとしても、静乃と云う娘を知っている者に出逢う事はなかった。

　太市は、南八丁堀五丁目から波除稲荷の南隣りにある本湊町に向かった。

南町奉行所に船頭の勇次が訪れ、久蔵に目通りを求めた。

久蔵は、勇次を用部屋の庭先に招いた。

勇次は、庭先に控えた。

「おう。どうした……」

久蔵は、用部屋から濡縁に出て来た。

「はい。湯島天神切通町《きりどおしちょう》にある潰れた飲み屋で二人の浪人の死体が見付かりました」

勇次は告げた。

「二人の浪人の死体……」

久蔵は眉をひそめた。

「はい。うちの親分の見立てでは、二人とも斬り殺されていると……」

「で、二人の浪人の素性は……」

「徒党を組んで強請たかりを働いている食詰め者だとか……」

「徒党を組んでの強請たかりか……」

「はい。それで親分が、同心の旦那のお出座《でま》しを願いたいと……」

「よし。俺が行くぜ」

久蔵は立ち上がった。


いろは茶屋での聞き込みは続いた。

「ああ。その御隠居さまならお見えになりましたよ。どうぞ……」

茶屋『はな邑《むら》』の主の富蔵《とみぞう》は、和馬に茶を淹れて差し出した。

「すまぬな。戴く……」

和馬は、礼を云って茶を飲んだ。

「御隠居さまは、二十年程前に深川から移って来た初音と云う女を知らぬかとお尋ねになられましてね……」

「うん。で……」

和馬は、富蔵に話の先を促した。

「初音ならうちにおりましたが……」

「いた。初音、此処にいたのか……」

和馬は、思わず声をあげた。

「はい……」

「で、初音は何処にいる」

和馬は身を乗り出した。

「旦那。初音、此処に来た時には年季も終わっておりましてね。うちで暫く遣《や》り手をした後、谷中から出て行きましたよ」

「谷中から出て行った……」

和馬は、威勢を削がれた。

「ええ。清吉《せいきち》って板前と所帯を持ちましてね」

「清吉って板前と所帯を……」

初音は、所帯を持っていた。

「はい……」

「そいつは、いつの事だ……」

「初音が此処に来て一、二年の頃だったと思いますから、十七、八年程も昔の事になりますか……」

「十七、八年程も昔……」

初音こと静乃は、十七、八年程も昔、清吉と云う名の板前と所帯を持って谷中いろは茶屋から出て行っていたのだ。

和馬は、微かな安堵を感じた。

「そうか。そいつは良かったな。で、初音と板前の亭主、谷中を出て何処に行ったんだ」

「さあ、確か湯島天神の方だったと思いますが……」

富蔵は首を捻った。

「定かには分からぬか……」

「はい……」

富蔵は頷いた。

「して、此の事を初音を捜して来た御隠居に教えたのだな」

「勿論にございます」

「で、御隠居はどうした」

「はい。御隠居さま、初音が板前と所帯を持ったと知り、随分とお喜びになられましてね」

「ほう。喜んだか……」

「ええ。逢ったら祝儀を弾まなければならないと……」

「そうか……」

隠居の織部は、初音こと静乃が所帯を持っていたのを知り、大いに喜んだ。そして、今は湯島天神界隈で初音こと静乃を捜しているのかもしれない。

和馬は、茶屋『はな邑』を出て幸吉、雲海坊、由松たちを呼び集めた。


湯島天神切通町の潰れた飲み屋は、食詰め浪人たちの溜り場になっていた。

二人の浪人は、塵と埃に塗れて死んでいた。

久蔵は、二人の浪人の死体を検めた。

浪人の一人は胸元を袈裟に斬られ、残る一人は腹を突き刺されていた。そして、二人とも喉元に止めを刺されていた。

「御丁寧に止めを刺しているか……」

久蔵は眉をひそめた。

「はい……」

弥平次は頷いた。

「で、殺されたのは、どうやら四、五日前のようだな……」

久蔵は、死体の硬直具合や血の乾き方、腐臭からそう見極めた。

「ええ。隣近所の者たちが、妙な臭いがするので覗いた処、死体があったと

「四、五日前、此処に出入りした者は……」

「薄汚ねえ形をした食詰め浪人共と白髪頭の隠居風のお侍が一人……」

弥平次は眉をひそめた。

「白髪頭の隠居風の侍……」

久蔵は、不吉な予感を覚えた。

四

江戸湊は眩しく輝き、佃島《つくだじま》が煌めきに包まれて揺れていた。

三十年前からある長屋は、本湊町には二軒しかなかった。

その一軒は汐風《しおかぜ》長屋と呼ばれ、波除稲荷の見える処にあった。

太市は、汐風長屋を訪れ、井戸端でお喋りをしていたおかみさんたちに尋ねた。

古い長屋には、三十年前から住んでいる者はいなく、当時を知っている者もいなかった。

「そうですか……」

太市は肩を落とした。

奥の家の腰高障子が開き、町医者が薬籠《やくろう》を提げて出て来た。そして、五十歳前後のおかみさんが見送りに出て来た。

太市は戸惑った。

「では、煎じ薬を忘れずにな……」

町医者は、五十歳前後のおかみさんに念を押した。

「はい。ありがとうございました」

五十歳前後のおかみさんは、帰って行く町医者を見送った。

「おしずさん、叔父さんの具合、どうなんだい……」

おかみさんの一人が声を掛けた。

五十歳前後のおかみさんの名はおしずだ。

「お陰さまで大分良くなりました」

「そりゃあ良かったね」

「はい。じゃあ……」

おしずは、長屋のおかみさんたちに会釈をして家に戻った。

「あのおかみさん、昔の事は……」

「無理、無理。おしずさんは去年、越して来た人だから昔の事なんか知らないよ」

「そうですか。誰か具合が悪いようですね」

「ああ。おしずさん、普段は娘のおはるちゃんと二人で暮らしているんだけど、一人暮らしの叔父さんが怪我をしたってんで、引き取って面倒を見ているんですよ」

「そうですか……」

太市は、おしずの入った家を見詰めた。

「おしずさん、どうかしたのかい……」

おかみさんたちは、太市に怪訝な眼を向けた。

「あっ。いいえ、別に……」

太市は、慌てて言い繕《つくろ》った。

「そう云えば、此処の処、おはるちゃん、見掛けないね……」

「好い人でも出来たんじゃあないのかい……」

おかみさんたちの話題は移っていった。

潮時だ……。

太市は、おかみさんたちに礼を云って長屋を出た。

おかみさんたちはお喋りを終え、それぞれの家に戻った。

汐風長屋に静けさが訪れた。

太市は、長屋の木戸に戻っておしずの家を見詰めた。

おしずは、亀島川の船着場に倒れていた女に良く似ていた。

太市は眉をひそめた。

汐の香りのする風が、古い汐風長屋を吹き抜けた。


白髪頭の隠居風の侍……。

久蔵は、二人の食詰め浪人が殺されたと思われる日、潰れた飲み屋に出入りしていた白髪頭の隠居風の侍が気になり、その痕跡を探した。

弥平次は、殺された二人の浪人の食詰め仲間に橘陣内《たちばなじんない》と云う男のいるのを摑んだ。

「橘陣内……」

「ええ。食詰め浪人共の頭分だそうでしてね。強請たかりに辻強盗、挙げ句の果てには女を騙して人買いに売り飛ばす悪党だそうですよ」

弥平次は、厳しい面持ちで久蔵に告げた。

「その橘陣内、今、どうしているのかな」

「ひょっとしたら、殺された二人の浪人の恨みを晴らそうとしているのかもしれませんよ」

弥平次は読んだ。

「ああ……」

久蔵は、厳しさを過ぎらせた。

「秋山さま、親分……」

聞き込みに行っていた勇次が、久蔵と弥平次のいる潰れた飲み屋に入って来た。

「どうした……」

「はい。表に妙な野郎がいますぜ」

勇次は、窓の障子の破れ穴から表を覗いた。

「妙な野郎……」

久蔵と弥平次は、勇次に代わって破れ穴を覗いた。

職人風の若い男が、斜向かいの路地に佇んで潰れた飲み屋を窺っているのが見えた。

「あの若い野郎か……」

「はい。あっしが聞き込みに行く時からずっとあそこに……」

勇次は告げた。

「浪人殺しに拘わりがありそうだな……」

久蔵は睨んだ。

若い男は、斜向かいの路地を出て不忍池に向かった。

「よし。勇次、素性を突き止めてくれ」

「承知しました」

勇次は、若い男を追った。


湯島天神は参拝客で賑わっていた。

和馬、幸吉、雲海坊、由松は、湯島天神界隈の料理屋に初音こと静乃の亭主で板前の清吉を捜し始めた。

湯島天神門前町や神田明神門前町、そして不忍池の畔……。

料理屋、小料理屋、居酒屋、飯屋など板前の働ける場所は数え切れない程ある。

そして、板前の清吉が、初音こと静乃と谷中から湯島天神に来たのは十七、八年前の事であり、既に他の処に移っているかもしれない。

だが、捜すしかない……。

和馬、幸吉、雲海坊、由松は、休む間もなく板前の清吉を捜し始めた。


夕暮れ前、汐風長屋は夕食の仕度前の静けさに包まれていた。

太市は、本湊町にあるもう一軒の三十年前からある長屋を訪れ、昔から住んでいる者や知っている者のいないのを見定め、汐風長屋に戻った。

おしずは、船着場に倒れていた女に良く似ている……。

太市は、それを見定めようとしていた。

僅かな時が過ぎ、おしずが井戸端に出て来て米を研《と》ぎ始めた。

太市は、木戸の陰からおしずを見守った。

おしずは、解れ髪を揺らして米を研いでいた。

太市は見定めた。

おしずは、亀島川の船着場に倒れていた女に間違いなかった。

どんな素性の女なのか……。

太市は、本湊町の自身番に急いだ。

不忍池の畔には、木洩れ日が揺れていた。

職人風の若い男は、不忍池の畔から根津権現《ねづごんげん》に向かった。

勇次は追った。

若い男は、追って来る者を警戒する様子もなく、足早に進んでいた。

人を尾行たり尾行られたりした事のない素人……。

勇次は、若い男の足取りを読んだ。

それは、若い男がお上に追われるような真似をした事のない証でもあった。

若い男は、根津権現を通り抜けて千駄木《せんだぎ》に入った。

勇次は、若い男を尾行た。

若い男は、団子坂《だんござか》を横切って田畑の中の道を進み、垣根で囲まれた植木屋の裏木戸を入った。

勇次は、木戸を入った若い男の行方を垣根越しに窺った。

植木屋の広い裏庭には、古い棟割《むねわり》長屋が一棟あった。

若い男は、棟割長屋の一軒の家の腰高障子を小さく叩いた。

腰高障子が開き、若い女の顔が僅かに見えた。若い男は、素早く家の中に入って腰高障子を閉めた。

勇次は見届けた。

棟割長屋は植木職人が暮らしている長屋であり、若い男は植木職人なのだ。そして、若い女が隠れるようにしている。

勇次は見定めた。

後は植木屋の屋号と若い男の名前だ……。

勇次は、植木屋の表に廻った。


本湊町の自身番の店番は、汐風長屋の住人名簿を開いた。

「おしずさんですか……」

「ええ。娘さんと暮らしているそうです」

太市は告げた。

「ああ。しず、五十三歳。はる、十八歳……」

店番は、住人名簿を示した。

おしずには、十八歳になる娘がいた。

「本湊町に来る前は何処に……」

「湯島天神の門前町になっているね」

「湯島天神門前町……」

去年、おしずは湯島天神門前町から本湊町に越して来ていた。

そのおしずが、どうして亀島川の船着場に倒れており、自身番から姿を消したのか……。

太市は気になった。

「処で太市さん、三十年前からある長屋で何か分かったかい」

「そいつが皆目……」

太市は、首を横に振った。

「だったら、木戸番の喜助《きすけ》の父っつぁんに訊いてみな」

「木戸番の喜助さんですか……」

「ああ。喜助の父っつぁん、もうかれこれ三十年ぐらい木戸番をしているから、何か知っているかもしれないぜ」

「分かりました。訊いてみます……」

太市は、自身番の向かい側にある木戸番屋に向かった。

老木戸番の喜助は、昔を思い出すかのように白髪眉の下の眼を細めた。

「三十年前、この界隈に住んでいた浪人の娘の静乃さんかい……」

「ええ。知っていますか……」

太市は、余り期待をしていなかった。

「ああ。覚えているよ」

喜助は事も無げに云った。

「覚えている」

太市は驚き、戸惑った。

「ああ。御父上さまが胃の腑の病で倒れ、薬代を作る為に岡場所に身売りをした娘さんだろう」

「はあ……」

「ありゃあ、お気の毒な話だったぜ……」

喜助は、白髪眉をひそめた。

太市は、静乃を知っている者を漸く見付けた。

夕陽は江戸湊に映えていた。

燭台の火は、座敷を仄《ほの》かに照らしていた。

太市は、南町奉行所から帰宅した久蔵に探索の結果を報せた。

「そうか。静乃は父親の薬代の為に岡場所に身を売ったのか……」

久蔵は、小さな吐息を洩らした。

「はい。本湊町の木戸番喜助さんが覚えていました」

太市は告げた。

「うむ。良くやった。御苦労だったたな」

久蔵は、太市を労った。

「いえ。それから旦那さま、亀島川の船着場に倒れていた女がいました」

「なに……」

「本湊町にある汐風長屋に住んでいるおしずさんって方でした」

「おしず……」

「はい。普段は十八歳になる娘のおはると一緒に暮らしているそうなんですが、今は怪我をした叔父さんを引き取って面倒を見ているとか……」

「怪我をした叔父さん……」

久蔵は眉をひそめた。

「はい……」

太市は頷いた。

「名はおしずで怪我をした叔父さんか……」

久蔵は、厳しさを滲ませた。

「旦那さま、和馬の旦那と柳橋の親分さんがお見えにございます」

庭先に与平がやって来た。

「おう。通って貰え」

久蔵は、和馬と弥平次を招いた。

与平が呼びに行き、和馬と弥平次が庭先にやって来た。

「夜分、畏れいります……」

和馬と弥平次が庭先にやって来た。

「おう。遠慮は無用だ。あがってくれ。太市、茶を頼む……」

「はい……」

太市は、和馬と弥平次に挨拶をして台所に向かった。

「では、お言葉に甘えてお邪魔します」

和馬と弥平次は座敷に上がった。

「で、和馬、何か分かったかい……」

「はい。初音こと静乃は、深川から谷中のいろは茶屋に移り、十七、八年前に板前と所帯を持って湯島天神門前町に……」

「湯島天神門前町か。そいつは黒田の隠居も突き止めているんだな」

「はい。追ったそうです」

和馬は頷いた。

「よし。御苦労だった。これで、隠居と静乃の足取りを追うのは打ち止めにしてくれ」

「は、はい……」

和馬は、戸惑いながらも微かな安堵を浮べて頷いた。

「で、柳橋の。若い男の素性、分かったのか」

「はい。勇次が追った若い男は、千駄木の植木屋植宗《うえむね》の職人の房吉《ふさきち》でした」

「植木職人の房吉か……」

「はい。そして、房吉の家には若い女が隠れるようにしているそうです……」

「若い女……」

久蔵の眼が鋭く輝いた。

「はい」

「で、柳橋の。食詰め浪人の頭分の橘陣内はどうした」

「そいつが、二人の浪人を殺した白髪頭の隠居風の侍を捜し廻っているかと……」

「そうか……」

久蔵は、思案を巡らせた。

「秋山さま……」

弥平次は、久蔵を怪訝に見詰めた。

「よし。柳橋の。俺は和馬と一緒に千駄木に行く。柳橋は太市と本湊町に行き、黒田家隠居の織部と静乃を密かに警護してくれ」

久蔵は命じた。

「御隠居さまと静乃さまの警護……」

弥平次は戸惑った。

「ああ。黒田家隠居の織部、どうやら二人の浪人と闘い、斬られたようだ……」

久蔵は睨んだ。

燭台の火は瞬いた。

無数の星が夜空に光り輝いていた。

久蔵は、和馬を従えて千駄木の植木屋『植宗』の裏手に廻った。

垣根の暗がりに人の気配がした。

「勇次か……」

久蔵は囁いた。

「秋山さま……」

勇次は、久蔵の声を聞き分けて垣根の暗がりから現れた。

「変わった事はねえか……」

「はい。今の処は何も……」

「よし。で、どの家だ……」

勇次は、久蔵と和馬に会釈をした。

久蔵は、垣根越しに棟割長屋を見た。

「右端の明かりの灯されている家です」

勇次は示した。

棟割長屋の右端の家には、仄かな明かりが灯されていた。

「あそこに房吉と若い女がいるんだな」

「はい……」

勇次は頷き、久蔵に怪訝な眼を向けた。

「それで秋山さま……」

「うむ。殺された浪人共の頭分の橘陣内が来るかもしれねえ」

「橘陣内が……」

勇次は、緊張を過ぎらせた。

「ああ……」

久蔵は、不敵な笑みを浮べた。


僅かな時が過ぎた。

二つの人影が、田畑の中の暗い道に現れて植木屋『植宗』に近付いて来た。

近付いて来る二つの人影は、髭面の浪人と痩せた着流しの浪人だった。

二人の浪人は、植木屋『植宗』の裏手に廻った。そして、裏木戸の前に佇み、裏庭に建っている棟割長屋を見詰めた。

「沢井《さわい》、おはるが此処にいるのに間違いねえんだな」

痩せた着流しの浪人は、髭面の浪人の沢井に念を押した。

「ああ。おはると恋仲の野郎は、此の植宗の植木職人。必ずいる筈だ」

「よし。おはるを捕まえ、浜田《はまだ》と松本《まつもと》を斬った爺の居場所を吐かせてやる」

痩せた着流しの浪人は、冷酷な笑みを浮べて刀の柄を握った。

「手前が橘陣内か……」

久蔵の嘲りを含んだ声が、暗がりから投げ掛けられた。

橘と沢井は、弾かれたように身構えて声のした暗がりを睨み付けた。

久蔵が、暗がりから現れた。

「何だ、手前……」

「俺か、俺は南町奉行所吟味方与力の秋山久蔵って者だぜ……」

久蔵は冷たく笑った。

「秋山……」

橘と沢井は、久蔵の名前を知っていたらしく狼狽え、背後に逃げ道を探した。

和馬と勇次が背後に現れた。

沢井は、恐怖に震えて逃げようとした。

「野郎、神妙にしやがれ……」

和馬と勇次は、沢井に襲い掛かった。

沢井は、慌てて刀を抜いた。

勇次が、萬力鎖で沢井の刀を叩き落した。

沢井は怯んだ。

和馬が、怯んだ沢井を十手で殴り飛ばした。

和馬と勇次に容赦はなかった。

沢井は、和馬と勇次に殴られ蹴飛ばされて頭を抱えて転げ廻った。

「おのれ……」

橘は、怒りを滲ませた。

「爺から手を引いて貰おうか……」

久蔵は嘲りを浮べた。

「黙れ……」

橘は、久蔵に猛然と斬り掛かった。

久蔵は、僅かに身体を開いて橘の刀を見切り、下段からの抜き打ちの一刀を放った。

久蔵の抜き打ちの一刀は閃光となり、橘の刀を握る腕を斬り飛ばした。

刀を握った腕が夜空に飛んだ。

橘は、斬られた腕の傷口から血を振り撒き、呆然とした面持ちで前のめりに倒れた。

久蔵は、倒れて意識を失った橘を見据えて懐紙で刀に拭いを掛けた。

江戸湊には千石船が行き交っていた。

本湊町の汐風長屋は、おかみさんたちの洗濯とお喋りも終わり、静かな時を迎えていた。

久蔵は、おしずの住む奥の家を訪れた。

腰高障子が開き、煎じ薬の臭いと一緒におしずが顔を出した。

浪人の娘の静乃、岡場所の女郎の初音、板前の女房のおしず……。

そして、今は後家のおしずの顔は、波乱に満ちた半生でありながらも穏やかだった。

「どちらさまにございましょうか……」

「私は旗本秋山久蔵と申す者。黒田織部どのにお逢いしたい……」

久蔵は微笑んだ。

「黒田織部さまに……」

おしずは眉をひそめた。

「左様……」

久蔵は頷いた。

「少々、お待ち下さい」

おしずは、家の中に戻った。

おそらく織部に聞いているのだ。

「秋山さま。どうぞおあがり下さい……」

おしずが、戸口に戻って来て告げた。

「忝ない。御免……」

久蔵は、煎じ薬の臭いに満ちた家に入った。


奥に敷かれた蒲団《ふとん》には、白髪頭の老人が眼を瞑って横たわっていた。

黒田家隠居の織部……。

久蔵は、白髪頭の織部の傍らに座った。

織部は、薄く眼を開けた。

「黒田織部どのですな……」

久蔵は、穏やかに語り掛けた。

織部は小さく頷いた。

「私は秋山久蔵。帯刀どのに頼まれ、岡場所巡りの御隠居の行方を追って来ました」

「それは御苦労な……」

織部は苦笑した。

「隠居されてから静乃どのを捜し、深川七場所から谷中のいろは茶屋。そして、湯島天神門前町。見事に辿り着きましたな……」

久蔵は、傍に控えているおしずを一瞥した。

織部とおしずは、良く知っている久蔵に戸惑った。

「三十年余り掛かっての再会。さぞや嬉しかったでしょうな」

「愚かな年寄りの一念。しかし、静乃、いや、おしずには迷惑な事でしかなかった……」

織部は、頰を引き攣らせて笑った。

「私は女郎あがりの小料理屋の後家。旗本の御隠居さまとは……」

おしずは、淋しげな笑みを浮べた。

「ですが、そう云いながら私は……」

おしずは、恥じるように俯いた。

「娘のおはるが食詰め浪人の橘陣内にしつこく言い寄られ、おはるを連れて湯島天神から此処に逃げて来たか……」

久蔵は、浪人の沢井を厳しく責めていた。

「は、はい……」

おしずは、戸惑いながらも頷いた。

「だが、おはるは橘に見付かって連れ去られた。で、おしず、お前は偶々訪れた織部どのにおはるを助けてくれと縋った……」

久蔵は、おしずに己の睨みを告げた。

「はい……」

おしずは頷いた。

「そして、織部どのは一緒に行くと云ってきかないおしずを、亀島川の船着場で当て落し、湯島天神切通町の橘共の溜り場、潰れた居酒屋に踏み込み、二人の浪人を斬り棄てておはるを助け、恋仲の植木職人房吉に預けた。しかし、織部どの

も その時に深手を負った……」

久蔵は、昨夜の内におはると房吉を訪れて仔細を聞いていた。

「後ろから胸を刺されてな。出掛けている橘が戻って来たら終わりだ。そう覚悟を決めた時、おしずが駆け付けて来てくれた……」

織部は、久蔵の睨みに頷いて後を続けた。

「で、此処に逃げて来ましたか……」

「左様。老い先短いこの命、おしずのお陰で永らえた……」

織部は、眼を瞑って頷いた。

「橘陣内、昨夜、おはるを捕らえて織部どのの行方を聞き出そうとした……」

久蔵は告げた。

「そんな……」

おしずは恐怖に引き攣り、織部は緊張した。

「心配無用。橘と仲間の浪人は、二度と悪事を働けぬように片付けましたよ……」

久蔵は笑った。

「秋山どの、もしやおぬし……」

「私は南町奉行所吟味方与力です……」

「やはりそうか。道理で聞き覚えのある名だと思った……」

織部は苦笑した。

「で、黒田家当主の帯刀どのには何と……」

「傷が治り、歩けるようになれば一度戻る故、それ迄はどうか見逃して戴きたい……」

「成る程。ならば、織部どのの行方は未だ摑めぬとしておきますか……」

「すまぬ。だが、おぬしの名折れには……」

「名折れを気にする程の者じゃあ、ありませんよ……」

久蔵は笑った。

潮騒が響き、鷗は鳴きながら舞っていた。


三日後、黒田家隠居の織部の容態は急変した。

久蔵は、おしずの報せを受けて駆け付けた。

隠居の織部は、穏やかな微笑みを浮べて息を引き取っていた。

織部は、おしずと最期の時を過ごし、看取られて幸せだった……。

久蔵は、織部の為に喜んだ。

黒田家隠居の織部は、長い岡場所巡りを静かに終えた。

幼い大助と老いた与平の見廻りは、今朝も続いていた……。

第四話

抜け道

一

葉月《はづき》——八月。

十五日は月見であり、深川富ヶ岡八幡宮の祭礼の日でもある。

富ヶ岡八幡宮は、江戸に二十数社ある八幡宮の元締とされる。

浅草広小路傍・東仲町《ひがしなかまち》にある酒問屋『升屋《ますや》』が何者かに襲われ、主夫婦から奉公人迄を皆殺しにされて千両もの金を奪われた。

南町奉行所吟味方与力の秋山久蔵は、殺された者たちの傷を検めた。

傷は刺したものより斬ったものが多く、久蔵は襲った者たちに剣の修行をした武士がいると睨んだ。そして、奪った千両の金からみて逃走時には、駕籠《かご》か大八車か船を使ったと読んだ。

千両もの金の重さは十五貫以上あり、肩に担ぐには重く、二人で抱えて逃げるのは面倒だ。だが、真夜中に駕籠や大八車で千両もの金を運ぶのは人目に付く恐れがある。

久蔵は、吾妻橋近くの船着場から船で運んだと見定め、定町廻り同心の神崎和馬や岡っ引の柳橋の弥平次に大川から本所深川辺りを探るように命じた。

真夜中に船を使った者……。

急に金遣いの荒くなった者……。

侍を仲間にしている徒党……。

和馬と弥平次は、幸吉、雲海坊、由松、勇次たちと探索を開始した。


「秋山さま……」

南町奉行所の用部屋の庭先に小者がやって来て控えた。

「なんだ……」

「秋山さま宛の手紙が、いつの間にか表門脇の腰掛けに置かれていました」

小者は、一通の手紙を差し出した。

「手紙……」

久蔵は、怪訝な面持ちで用部屋から濡縁に出て手紙を受け取った。

「では……」

「うむ……」

小者は、久蔵に一礼して庭先から出て行った。

久蔵は、手紙を持って用部屋に戻った。

手紙の上書きには、『秋山久ぞうさま』と金釘流《かなくぎりゅう》で書かれていた。

差出人は町方の男……。

久蔵は、差出人をそう睨み、上書きを外して手紙を読み始めた。

手紙には、浅草東仲町の酒問屋『升屋』を襲った者共は、深川木置場の東の掘割に架かっている不二見橋《ふじみばし》の袂にある『辰巳屋《たつみや》』と云う飲み屋に潜んでいると書き記されていた。

密告の手紙……。

久蔵は、密告手紙の真偽を推し量り、切絵図を出した。

深川木場の東にある不二見橋は、仙台堀と横川の交差する処にある肥後国《ひごのくに》熊本藩江戸下屋敷南隣の掘割に架かっている。そして、不二見橋の袂には小さな町があった。

密告の手紙に書かれている飲み屋『辰巳屋』は、その小さな町にあるのだ。

酒問屋『升屋』を襲った者共は、深川本所に潜んで船を使っている。

密告の手紙に書かれている事は、久蔵の睨みと同じだった。

信憑性《しんぴょうせい》がないことはない……。

そして、密告手紙の差出人は誰なのか……。

差出人は、久蔵宛に密告手紙を届けた。それは、久蔵を知っている者の証なのかもしれない。

俺を知っている町方の男……。

おそらく、事件絡みで知り合った男に違いないのだ。

久蔵は睨んだ。

いずれにしろ、不二見橋の袂の飲み屋『辰巳屋』を探ってみて損はない。

よし……。

久蔵は、深川木置場の東にある不二見橋に行ってみる事にした。


南町奉行所を出た久蔵は、八丁堀岡崎町の組屋敷に寄って着流し姿になり、塗笠を目深《まぶか》に被って亀島町川岸通りに向かった。

尾行て来る者の気配はない……。

久蔵は、背後に尾行者の気配を探りながら亀島川に架かっている霊岸橋を渡り、霊岸島を抜けて永代橋に進んだ。

大川に架かっている永代橋は長さ百二十八間あり、深川佐賀町《さがちょう》に続いている。

深川に入った久蔵は、仙台堀に並ぶ油堀川沿いの道を木置場に向かった。

深川木置場には丸太が積まれ、木々や川の臭いが漂っていた。

久蔵は木置場に入って東奥に進み、掘割越しの不二見橋を眺めた。

不二見橋の下には船着場があり、袂には古い飲み屋があった。

古い飲み屋が、密告手紙に書き記されていた『辰巳屋』なのだ。

久蔵は、飲み屋『辰巳屋』界隈を見廻した。

飲み屋『辰巳屋』のある小さな町は、熊本藩を始めとした大名家の江戸下屋敷が甍《いらか》を連ねていた。

久蔵は振り返り、背後を慎重に見廻して小さな苦笑を洩らした。

山積みにされた丸太の陰から太市が現れ、久蔵に駆け寄って来た。

「尾行て来る者はいなかったようだな……」

「はい。充分に距離を取って旦那さまを追って来ましたが、現れませんでした」

太市は告げた。

久蔵は、密告手紙を送って来た町方の男が自分の動きを見張っているかもしれないと考え、太市に行き先と道筋を教えて後詰を命じた。

太市は、久蔵の後ろ姿が辛うじて見える処まで離れ、久蔵を尾行る者が現れるのを見定めようとした。だが、尾行る者が現れる事もなく、久蔵は深川木置場の東奥に着いた。

太市は、厳しい面持ちで辺りを窺った。

「どうした」

「私が、気付かなかったのかもしれませんので……」

太市は慎重だった。

「そいつは心配あるまい……」

久蔵は微笑んだ。

「そうですか……」

太市は、安心したように笑った。

「ああ。よし、あの辰巳屋がどんな飲み屋か調べてみるか」

「はい」

久蔵と太市は、飲み屋『辰巳屋』についての聞き込みを始めた。

飲み屋『辰巳屋』は、二年前に六十歳前後の老爺が潰れた店を居抜きで買い取り、娘夫婦と営んでいた。

老爺の名は宗平《そうへい》。娘夫婦はおりんと半七《はんしち》と云う名前だった。

客は木置場人足や漁師が主であり、時々近所の大名家江戸下屋敷の家来や中間小者も訪れているようだった。

「これと云って、おかしな噂はありませんでしたが……」

太市は、おかしな噂を摑めなかったのを恥じるように告げた。

「俺も聞かなかったぜ……」

久蔵は笑った。

「そうですか……」

太市は、安心したように微笑んだ。

「分かったのは、宗平と娘のおりん半七夫婦の昔を知っている者が殆どいない事だ……」

「昔を知っている者がいない……」

太市は、久蔵の眼の付け処に戸惑った。

「ああ。店を開いて未だ二年。知り合いも少ねえだろうが、昔の事は何となく洩れるのが普通だ。だが、洩れねえって事は……」

「洩れないように気を付けている。隠しているからですか……」

太市は睨んだ。

「おそらくな……」

久蔵は頷いた。

「って事は旦那さま……」

太市は眉をひそめた。

「ああ。世間に洩れては困る昔なのかもしれねえぜ……」

久蔵は、皮肉っぽい笑みを浮べた。

「はい……」

太市は、喉を鳴らして頷いた。

「それから、辰巳屋は猪牙舟を持っているそうだ」

酒問屋『升屋』を襲った者共が船を使ったのは、久蔵の睨みでもあり、密告手紙も臭わせている。その船を飲み屋の『辰巳屋』は持っているのだ。

「猪牙舟……」

「ああ。よし、日が暮れたら辰巳屋に潜り込んでみる。太市、お前は此の事を柳橋に報せて屋敷に戻りな」

「心得ました。じゃあ……」

「うむ……」

太市は、久蔵に会釈をして柳橋に走った。

久蔵は、木置場の丸太の陰に潜んで飲み屋『辰巳屋』が暖簾を掲げるのを待った。

柳橋の弥平次は、太市の報せを受けて勇次の猪牙舟で深川木置場に向かった。

太市は、弥平次を見送って八丁堀岡崎町の秋山屋敷に急いだ。

深川木置場は西日に映えた。

掘割越しに見える飲み屋『辰巳屋』は、娘のおりんと思われる女が店の表の掃除をして戻った。

久蔵は、丸太の陰から見守った。

今の処、何処にでもある飲み屋だ……。

久蔵は、日暮れを待った。

「秋山さま……」

弥平次と勇次が、猪牙舟を離れた掘割に舫《もや》ってやって来た。

「やあ。来てくれたか」

「はい。垂込《たれこ》みがあったとか……」

「ああ。こいつだ」

久蔵は、懐から密告手紙を出して弥平次に渡した。

「拝見します」

弥平次と勇次は、密告手紙に素早く眼を通した。

「偽《がせ》じゃあないようですね」

弥平次は告げた。

「柳橋もそう思うかい……」

「ええ。垂込んだ者に心当たりは……」

「多すぎてな……」

久蔵は苦笑した。

「そうですか。ま、いずれにしろ真夜中に浅草広小路を彷徨《うろつ》いていたとなると、真っ当な稼業の奴ではなさそうですね」

弥平次は、密告手紙の差出人を読んだ。

「そいつは間違いねえだろうな」

久蔵は頷いた。

「で、あそこですか辰巳屋は……」

弥平次は、掘割越しに飲み屋『辰巳屋』を眺めた。

「ああ。で、太市とちょいと聞き込みを掛けてな。主は宗平って年寄りで、おりんと半七って娘夫婦と二年前から店を始めているんだが、昔の事は良く分からねえ」

「ほう。良く分かりませんか……」

弥平次は眉をひそめた。

「ああ。そして猪牙舟をもっている……」

「成る程。分かりました。あっしと勇次もちょいと聞き込みを掛けてみますぜ」

「そうしてくれ……」

久蔵は頷いた。

木置場は夕陽に覆われ、飲み屋『辰巳屋』は暖簾を出した。

八丁堀御組屋敷街は、両町奉行所から帰宅する与力・同心たちが行き交っていた。

町奉行所の与力・同心で司法に拘わっている者は僅かであり、殆どは行政を担当している者たちである。

行政を担当している者たちは、決まった刻限に出仕し帰宅する。

太市は、夕陽に影を長く伸ばして岡崎町の秋山屋敷に急いだ。そして、辻を曲がって秋山屋敷の見える処で立ち止まった。

派手な半纏を纏った若い男が、秋山屋敷の閉められた表門の前にいるのが見えた。

誰だ……。

太市は、向かい側の組屋敷の裏路地を走って秋山屋敷の正面に出た。

派手な半纏を着た若い男は、秋山屋敷の閉められた表門の隙間から屋敷内を窺っていた。

太市は、着物の襟元に潜ませている角手《かくて》を出して左右の手の指に嵌《は》めた。

角手とは内側に鋭い爪の付いた指輪であり、闘う相手の手首を握って痛手を与える捕物道具である。

太市は、屋敷内を窺っている派手な半纏を着た若い男に忍び寄った。

刹那、派手な半纏を着た若い男は、太市に気付いて身を翻した。

「待ちやがれ……」

太市は、角手を嵌めた手で派手な半纏を着た若い男を捕まえようとした。

角手の爪が、派手な半纏の背中に引っ掛かった。

太市は、派手な半纏の背を摑んで引き戻そうとした。

若い男は、構わず逃げた。

引っ掛かった角手の爪が、派手な半纏の背中を引き裂いて外れた。

太市は、思わず背後によろめいた。

若い男は、背中を引き裂かれた派手な半纏を翻して逃げ去った。

「くそっ……」

太市は、悔しさを露わにした。

「おう。帰ったかい、太市……」

与平が、長閑な顔で潜り戸から出て来た。

「はい。只今、戻りました」

太市は、派手な半纏を着た若い男の事を伝えず、何事もなかったかのように戻った挨拶をした。

「そうかい。もう直《じき》、晩飯だ。手足を洗って台所にきな」

与平は、老顔に皺を寄せて笑い、屋敷に戻っていった。

「はい。すぐに……」

太市は、香織や与平・お福たちに心配を掛けたくなかった。

夕陽は沈む。

太市は、組屋敷街を見廻した。

組屋敷街には、帰宅する与力・同心たちの姿が僅かに見えるだけだった。

不審な処はない……。

太市は見定めた。

何処の誰が、何を目的に秋山屋敷を窺っていたのだ。

太市の警戒心は募った。

今夜は夜通しの見張りだ……。

太市は、覚悟を決めて屋敷に入った。

八丁堀御組屋敷街は夕暮れに覆われた。

二

飲み屋『辰巳屋』の軒行燈に火が灯された。

久蔵は、飲み屋『辰巳屋』の暖簾を潜った。

「いらっしゃい……」

帳場にいた老爺が、顔の皺を深くして久蔵を迎えた。

「おう。邪魔をするぜ……」

久蔵は、客のいない店の奥に座って酒を注文した。

「はい。旦那、鱸《すずき》の良いのが入っていますが、塩焼きで如何ですかい」

「いいな。それに冷奴を貰おうか……」

「はい。ありがとうございます。少々お待ち下さい」

老爺は、板場に入っていった。

主の宗平……。

久蔵は、老爺を『辰巳屋』の主の宗平だと見定めた。

おりんと半七の娘夫婦は板場にいる……。

久蔵は睨んだ。

『辰巳屋』の店内は掃除が行き届いており、荒《すさ》んだ様子は窺えなかった。

「お待たせしました……」

おりんが、板場から徳利と冷奴を持って久蔵の許にやって来た。

「うむ……」

おりんは、猪口と冷奴を置いて徳利を手にした。

「お一つ、どうぞ……」

「こいつは済まねえな……」

久蔵は、おりんの酌を受けた。

「お侍さん、初めてですね」

おりんは、初めて訪れた久蔵に探りを入れてきた。

「ああ……」

久蔵は頷き、猪口の酒を飲んだ。

おりんは、微かな警戒を過ぎらせた。

「熊本藩の下屋敷に詰めている小嶋《こじま》って家来、知っているかな……」

久蔵は語り掛けた。

「いいえ。熊本藩のお侍さんは滅多にお見えになりませんので……」

おりんは応じた。

「そうか。その小嶋って家来に博奕の借金の取立てに来たんだが、出掛けていてな。半刻程の暇潰しだぜ」

久蔵は偽話《でっ》を捏ち上げ、手酌で猪口に酒を満たした。

「そりゃあ大変ですね」

おりんは眉をひそめた。

「ああ。他に出来る内職もなくてな。やっと見付けた仕事が博奕の借金の取立て屋だ。小普請の貧乏御家人は辛いもんだぜ」

久蔵は、猪口の酒を飲み干した。

「お気の毒に……」

おりんは、同情するように頷いた。

警戒は解けたのか……。

久蔵は、冷奴を食べながら酒を飲んだ。

飲み屋『辰巳屋』には、木置場人足らしい客が出入りし始めた。

弥平次は聞き込みから戻り、『辰巳屋』の見張りについていた。

「親分……」

勇次が戻って来た。

「おう。何か分かったか……」

「いえ。辰巳屋の宗平やおりん半七夫婦の昔の事。何も分かりませんでした」

「俺の方もだ……」

「上手く隠したもんですね」

勇次は感心した。

「そいつは違うぜ、勇次……」

弥平次は苦笑した。

「違いますか……」

勇次は戸惑った。

「ああ。普通なら知られていておかしくない昔の事が知られていない。そいつが世間と違うと気を惹《ひ》いた。それは上手く隠している処か、尋常じゃあない、怪しいですよと自分で言い触らしているようなもんだ」

弥平次は勇次に教えた。

「普通じゃあないのは、自分で怪しいと言い触らしている……」

勇次は、弥平次の言葉に深く頷いた。

「うむ。で、辰巳屋の裏はどうなっていた」

「井戸のある裏庭で、横手の路地は隣の真崎藩の江戸下屋敷の土塀沿いに続いています」

勇次は告げた。

「真崎藩の江戸下屋敷か……」

「ええ。真崎藩の連中、辰巳屋に飲みに来ているのかもしれませんね」

「そうか……」

弥平次は、僅かに眉をひそめた。

「で、秋山さまは未だ辰巳屋ですか……」

「ああ。勇次、どうやら辰巳屋に絞っていいようだ。笹舟に戻って幸吉たちを呼んで来てくれ」

「合点《がってん》です。じゃあ……」

勇次は、舫ってある猪牙舟の処に走った。

弥平次は、飲み屋『辰巳屋』の見張りを続けた。

半刻が過ぎた。
飲み屋『辰巳屋』から久蔵が、おりんに見送られて出て来た。
「ありがとうございました。又どうぞ」
「ああ。じゃあな……」
久蔵は、おりんに見送られて不二見橋に向かった。
熊本藩江戸下屋敷は、不二見橋の向こうにある。
久蔵は、熊本藩江戸下屋敷にいる小嶋と云う家来に博奕の借金を取立てに行く。
おりんは、鋭い眼差しで見送った。
若い男が、飲み屋『辰巳屋』の脇の路地から出て来た。
おりんは、若い男に去って行く久蔵を示した。
若い男は頷き、久蔵の後を追った。
秋山さまを尾行る……。
弥平次は、掘割越しに見守った。
若い男の尾行る足取りは、慎重で落ち着いていた。

他人を尾行るのに慣れている玄人《くろうと》……。

弥平次は見定め、丸太の陰を出て久蔵の許に急いだ。


尾行て来る……。

久蔵は、背後の闇に人の気配を感じていた。

おそらく、本当に熊本藩江戸下屋敷の家来に借金の取立てに行くのかどうか、見届けようとしているのだ。

久蔵は苦笑した。

さあて、どうする……。

熊本藩江戸下屋敷に行き、身分を明かして事の次第を告げ、協力して貰うか……。

尾行を撒くか……。

捕らえて宗平の出方を窺うか……。

久蔵は、次の取る手立てに迷った。

不二見橋の袂の暗がりが微かに揺れた。

弥平次だ……。

久蔵は、微かに揺れた暗がりに弥平次が潜んだのを見定めて決めた。

「捕まえるぜ……」

久蔵は、不二見橋の袂を通り過ぎながら弥平次に囁いた。

「承知……」

弥平次が短く答えた。

久蔵は、不二見橋の袂を通って熊本藩江戸下屋敷に進んだ。

若い男は、慎重な足取りで久蔵を追って不二見橋の袂を通り過ぎた。

久蔵が、不意に立ち止まった。

若い男は、咄嗟に不二見橋の袂の暗がりに身を潜めようとした。

刹那、暗がりから現れた弥平次が、若い男の鳩尾《みぞおち》に十手を叩き込んだ。

若い男は、眼を剝《む》いて苦しく呻き、気を失って崩れ落ちた。

久蔵が戻り、弥平次と共に気を失った若い男の顔を検めた。

「辰巳屋にいた客ですか……」

「いや。客に此の面の野郎はいなかった」

「じゃあ……」

「おそらく、宗平の娘のおりんの亭主の半七だぜ」

久蔵は睨んだ。

「って事は……」

「密告の手紙の通りとみて良いだろうな……」

久蔵は嘲りを浮べた。


和馬、幸吉、雲海坊、由松が、勇次の猪牙舟で駆け付けて来た。

久蔵と弥平次は、飲み屋『辰巳屋』の見張りを和馬、幸吉、雲海坊、由松に任せ、勇次の猪牙舟で捕らえた半七を南茅場町の大番屋に引き立てた。

和馬、幸吉、雲海坊、由松は、飲み屋『辰巳屋』の見張りに就いた。

久蔵を追った半七が戻らないと知った時、宗平とおりんはどう出るか……。

和馬、幸吉、雲海坊、由松は、緊張しながらその時を待った。


潜り戸が静かに叩かれた。

旦那さまだ……。

太市は、久蔵の潜り戸の叩き方の癖を自分なりに摑んでいた。

「只今、開けます……」

太市は、潜り戸を開けた。

久蔵は、太市に頷いて屋敷内に入った。

太市は、緊張した眼差しで素早く門前の様子を窺った。

不審な人影はない……。

太市は、見定めて潜り戸を閉めた。

「お帰りなさいませ」

「何があったんだい」

久蔵は、太市の緊張を見逃さなかった。

「はい。夕方、柳橋の親分の処に寄って帰って来ると、派手な半纏を着た奴が御屋敷を窺っていまして、捕らえようとしたのですが逃げられてしまいました」

太市は、悔しさを混じえて事の顚末《てんまつ》を久蔵に報せた。

「派手な半纏を着た奴か……」

「はい……」

太市は、逃がした己を恥じて項垂れた。

「で、太市に怪我はなかったんだな」

「はい……」

「そいつは何よりだ」

「ですが……」

「太市、ひょっとしたらそいつは、垂込んで来た奴かもしれねえな」

「密告手紙の差出人ですか……」

「ああ。俺が密告手紙を信用したかどうか、見定めに来たのかもな。で、香織や与平に此の事は……」

「心配を掛けるといけませんので、お報せしておりません……」

太市は、派手な半纏を着た男の事を香織たちに報せず、己一人で対処していた。

「それで良い。御苦労だったな」

久蔵は、太市を誉めて労った。

「いいえ……」

太市は、嬉しげに笑った。

「もし又現れたら、捕らえずに後を追い、素性を摑むんだな」

久蔵は、笑みを浮べて命じた。

亥《い》の刻四つ（午後十時）を告げる鐘の音が、深川の夜空に響き渡った。

町木戸の閉められる刻限だ。

飲み屋『辰巳屋』の客たちは、おりんに見送られて帰り始めた。

和馬と雲海坊は飲み屋『辰巳屋』の表を見張り、幸吉と由松は裏手を見張った。

二人の浪人が、帰る客と擦れ違うようにやって来て『辰巳屋』に入って行った。

「一味の浪人ですかね」

雲海坊は睨んだ。

「きっとな……」

和馬は頷いた。

おりんが店から現れ、暖簾を外して軒行燈の火を吹き消した。

飲み屋『辰巳屋』は、今夜の商いを終えて店仕舞いをした。

「さあて、どう動くか……」

和馬は、厳しさを滲ませた。

宗平とおりんは、久蔵を追った半七が戻らないのに異変を感じ、二人の浪人を呼び寄せたのかもしれない。それは、盗賊として危険を察知し、姿を隠そうとする兆しとも云える。

飲み屋『辰巳屋』の店の明かりは消えた。

「和馬の旦那……」

雲海坊は、緊張を滲ませて『辰巳屋』を眺めた。

「ああ……」

和馬は、喉を鳴らして頷いて『辰巳屋』を見据えた。

飲み屋『辰巳屋』は、夜の闇の静けさに沈んでいた。


深川木置場は朝陽に照らされた。

飲み屋『辰巳屋』に動きはなかった。

和馬、幸吉、雲海坊、由松は、宗平、おりん、二人の浪人が逃げ出さなかったのに安堵しながらも戸惑った。

何故、逃げなかったのか……。

和馬、幸吉、雲海坊、由松は首を捻った。

半七が戻って来ない事に異変を感じないのか……。

疾《やま》しい事がないから逃げなかったのか……。

お縄になる覚悟を決めたのか……。

捕らえられない自信があるからか……。

和馬は、様々に推し量った。

いずれにしろ、宗平、おりん、二人の浪人に動きはないのだ。

和馬たちは、見張るしかなかった。

勇次が、屋根船で朝飯と酒を持って来た。

和馬、幸吉、雲海坊、由松は、交代で朝飯を食べて一寝入りした。

木置場には、木置場人足の歌う木遣唄《きやり》が長閑に響いていた。


鎧《よろい》ノ渡《わたし》の渡し船は客を乗せ、水飛沫を煌めかせながら日本橋川を横切っていた。

南茅場町の大番屋の詮議場は、暑い外とは違って冷え冷えとしていた。

久蔵は、弥平次と小者たちに命じて半七を詮議場に引き据えた。

「町奉行所の役人だったのかい……」

半七は、不貞不貞《ふてぶて》しい面構えで久蔵を睨み付けた。

「ああ。町奉行所の役人は嫌いなようだな」

久蔵は笑い掛けた。

「ああ。反吐《へど》が出る程、嫌いだぜ……」

半七は吐き棄てた。

「そいつはいい……」

久蔵は、嬉しげに笑った。

半七は、怒らぬ久蔵に戸惑った。

「俺も好いてくれている奴を責めるのは、気が引けるからな」

久蔵は、嘲りを浮べた眼で半七を見据えた。

「だ、旦那、何方《どなた》ですかい……」

半七は、微かな怯えを過ぎらせた。

「俺かい。俺は南町奉行所吟味方与力の秋山久蔵って者だ」

「秋山久蔵……」

半七は、久蔵の名を聞いて息を飲んだ。

「さあて、半七。手前、辰巳屋の宗平たちと浅草広小路の升屋って酒問屋に押し込み、店の者を皆殺しにして千両もの金を奪ったな」

「し、知らねえよ。そんな事……」

半七は、嗄れた声を震わせた。

「ほう。惚ける気か……」

久蔵は笑い掛けた。

半七は、思わず久蔵から眼を逸らした。

刹那、久蔵の平手打ちが半七の頰に放たれた。

鋭い音が詮議場に響き渡り、半七は土間に激しく叩き付けられた。

小者たちが、すぐに半七を引き起こした。

半七は、気を失い掛けたのか呆然とした面持ちで口から血を滴《したた》らせていた。

「半七、何もかも素直に話さなきゃあ、身の為にならないぜ……」

「知らねえ。知らねえ。俺は何も知らねえ」

半七は、狂ったように喚きだした。

「大人しくしろ……」

弥平次と小者たちは、慌てて半七を押さえ付けた。

半七は、押さえ付ける弥平次と小者たちを振り払おうと抗い、喚き散らし続けた。

久蔵は眉をひそめて土間に降り、抗い喚く半七の胸倉を鷲摑《わしづか》みにした。

「下手な芝居はいい加減にしな。煩いんだよ」

半七は、恐怖に激しく震えた。

久蔵は、半七の鳩尾に拳を叩き込んだ。

半七は、眼を丸くして久蔵を見詰め、気を失って崩れ落ちた。

弥平次と小者たちは、額の汗を拭って息をついた。

「牢に叩き込んでおきな」

久蔵は苦笑した。

小者たちが、気絶した半七を牢に運んで行った。

「思ったより強《したた》かな野郎ですね」

弥平次は、怒りを滲ませた。

「ああ。だが、半七の野郎が吐こうが吐くまいが、宗平たちが酒問屋の升屋に押し込んだのは間違いねえ。必ず奪った千両を見付け出し、お縄にしてやるぜ」

久蔵は不敵に笑った。

三

巳《み》の刻四つ半(午前十一時)も過ぎ、陽は既に上り詰めていた。

飲み屋『辰巳屋』は、誰もいないかのように静まり返っていた。

和馬、雲海坊、勇次は『辰巳屋』の表、幸吉と由松は裏の見張りを続けた。

飲み屋『辰巳屋』の雨戸や腰高障子が開く事はなかった。

「未だ寝ているんですかね……」

由松は、閉められたままの勝手口を見詰めた。

「さあな……」

幸吉は、微かな苛立ちを覚えていた。

「まさか、誰もいなかったりして……」

由松は笑った。

「由松、下手な冗談を云っている場合じゃあねえ……」

幸吉は、由松を厳しく一瞥した。

「すみません……」

由松は、幸吉の苛立ちに気付いて詫びた。

「行くぞ……」

幸吉は、『辰巳屋』の勝手口を見詰めた。

「幸吉の兄貴……」

由松は戸惑った。

「いるかいないか、見定めるんだ」

「は、はい……」

由松は、慌てて続こうとした。

『辰巳屋』の勝手口で音がした。

幸吉と由松は、素早く物陰に戻った。

勝手口が開き、おりんが手桶を持って井戸端に出て来た。

幸吉と由松は、物陰で見守った。

おりんは、手桶に水を汲んで『辰巳屋』の板場に戻って行った。

「いましたね……」

「ああ……」

幸吉は、喉を鳴らして頷いた。

飲み屋『辰巳屋』は、漸く店を開ける仕度を始めた。

宗平とおりんは、雨戸や表の腰高障子を開けて掃除を始めた。

「妙にのんびりしていますね」

勇次は眉をひそめた。

「ああ。半七が戻らないってのに、落ち着いていやがる」

和馬は戸惑った。

「二人の浪人、いるんですかね……」

雲海坊は、二人の浪人の姿が見えないのに気付いた。

「幸吉たちも帰ったのを見ちゃいない。店の何処かにいるんだろう」

和馬は、困惑を過ぎらせた。

「ですよねえ……」

雲海坊は首を捻った。

宗平は、訪れた棒手振《ぼてふ》りの魚屋や八百屋から魚や野菜を買い、おりんは店の表の掃除を終えて腰高障子を閉めた。

飲み屋『辰巳屋』は、再び静けさに覆われた。

「後は仕込みをして、店を開けるだけか……」

和馬は読んだ。

「御苦労だな」

久蔵が、塗笠を目深に被ってやって来た。

「秋山さま……」

和馬、雲海坊、勇次は挨拶をした。

「うむ。で、どうだい……」

久蔵は塗笠を上げ、掘割越しに飲み屋『辰巳屋』を眺めた。

「変わった処がないと云えばないのですが……」

和馬は眉をひそめた。

「なんだ……」

「昨夜遅く二人の浪人が来たのですが、姿が見えないのです」

「帰っちゃあいねえんだな」

「はい……」

「だが、姿が見えないか……」

「ええ……」

和馬は頷いた。

「そうか……」

「処で、秋山さま、半七は吐きましたか……」

「そいつだが、半七の野郎、思ったより強かでな。未だだ……」

久蔵は苦笑した。

「秋山さま……」

雲海坊が、怪訝な面持ちで不二見橋を示した。

久蔵と和馬は、雲海坊の視線を追った。

派手な半纏を着た若い男が、不二見橋を渡って来た。

「あいつ……」

久蔵は眉をひそめた。

「ええ……」

雲海坊は、厳しい面持ちで頷いた。

「知っている奴か……」

和馬は、雲海坊に尋ねた。

「はい。五月に起きた一件で……」

派手な半纏を着た若い男は、金に困った素人女に客を取らせ、死に追い込んだ者たちを無法に仕置した旗本の部屋住み森岡平四郎と連んでいた清次だった。そして、一件が落着した時、清次は逸早く姿を消していた。

その清次が、久蔵たちの前に久し振りに現れたのだ。

「清次って名前だったたな……」

久蔵は、清次を覚えていた。

「はい……」

雲海坊は頷いた。

「奴も宗平の一味ですかね……」

和馬は、清次を厳しく見詰めた。

清次は、飲み屋『辰巳屋』の様子をそれとなく窺い始めた。

「あの様子では、一味じゃありませんね」

和馬は睨んだ。

「だが、事件に絡んでいるのは間違いねえようだ……」

久蔵は睨んだ。

和馬、雲海坊、勇次は、清次の動きを見守った。

清次は、飲み屋『辰巳屋』の横手の路地に入って行った。

「裏には幸吉と由松がいるんだな」

久蔵は尋ねた。

「はい……」

「よし。俺も行ってみるぜ」

久蔵は、木置場を迂回して不二見橋に向かった。


「あいつ、清次か……」

由松は、飲み屋『辰巳屋』の横手の路地から清次が来たのに戸惑った。

「ああ。間違いないな……」

幸吉は頷いた。

清次は、勝手口に忍び寄って板場の様子を窺った。

幸吉と由松は見守った。

板場に誰もいないのか、清次は忍び込んで行った。

「清次の野郎、宗平の一味じゃあないようですね」

由松は眉をひそめた。

「ああ……」

幸吉は喉を鳴らした。

次の瞬間、勝手口から清次が血相を変えて飛び出して来た。

二人の浪人が追って現れ、清次に飛び掛かった。

「離せ、馬鹿野郎……」

清次は、必死に抗った。だが、二人の浪人は、清次を殴り蹴った。

清次は、頭を抱えて身を縮めた。

「殺すんじゃあねえぞ……」

宗平が、残忍な笑みを浮べて勝手口から出て来た。

二人の浪人は、ぐったりとした清次を『辰巳屋』に引き摺り込んだ。

宗平は、険しい眼差しで辺りを窺い、勝手口の板戸を閉めた。

「どうします……」

由松は、幸吉の指示を仰いだ。

「どうすると云ってもな……」

幸吉は、事の成行きに戸惑った。

「幸吉、由松……」

久蔵がやって来た。

「これは秋山さま……」

「うん、若い男が来たな」

「はい。ですが今、宗平と二人の浪人に捕まって……」

幸吉は告げた。

「捕まった……」

「はい。辰巳屋に忍び込んで……」

「そうか……」

久蔵は、厳しさを滲ませた。

「秋山さま、あの若い男……」

由松は眉をひそめた。

「うむ。森岡平四郎と連んでいた清次だ」

「お気付きでしたか。それにしても清次がどうして……」

「清次の奴、おそらく宗平たちの酒問屋升屋の押し込みを見たんだ」

久蔵は睨んだ。

「押し込みを見た……」

幸吉は戸惑った。

「ああ。そして、俺に手紙で密告して来たんだぜ」

久蔵は、屋敷に現れて太市に咎められた派手な半纏を着た男も清次だと読んだ。

「で、垂込みの首尾がどうなっているか、見定めに来たんだろうな」

「どうします。清次の奴、このままじゃあ宗平たちに殺されますよ」

由松は、不安を滲ませた。

「心配するな。そうはさせねえ……」

久蔵は、不敵な笑みを浮べた。

飲み屋『辰巳屋』にいるのは、宗平、おりん、二人の浪人の都合四人だ。そして、大番屋の牢にいる半七。

宗平一味は都合五人。しかも、女のおりんを入れての五人だ。

酒問屋『升屋』の者たちを皆殺しにし、千両もの金を奪った人数にしては少ないかもしれない。

一味の者は他にもいる……。

久蔵の勘は囁いた。

他の者は何処に潜んでいるのか……。

奪った千両は何処に隠してあるのか……。

本来、踏み込むのは、それらを見定めてからの事だ。だが、垂込んで来た清次が捕まった今、その猶予はない。

宗平たちは、おりんを入れて四人。

久蔵たちは、和馬、幸吉、雲海坊、由松、勇次の六人だ。

宗平は年寄りであり、おりんは女だ。

手間が掛かりそうな相手は、二人の浪人だけだ。

踏み込む……。

久蔵は決めた。

「和馬、裏に廻り、幸吉、由松と一緒に勝手口から踏み込め。俺は雲海坊、勇次と表から踏み込む」

「心得ました」

和馬は頷いた。

「和馬、先ずは清次を助ける。刃向う者に容赦はいらぬ。叩き斬れ」

久蔵は命じた。

「はっ」

「よし。和馬が裏に廻った頃を見計らって俺たちが踏み込む、それを合図にな……」

「承知。では……」

和馬は、木置場を迂回して不二見橋に走った。

「雲海坊、勇次、聞いての通りだ」

「はい……」

雲海坊と勇次は頷き、それぞれの捕物道具を握り締めた。


飲み屋『辰巳屋』の納戸には、血の臭いが籠もっていた。

清次は、殴られ蹴られ、血に塗れて気を失った。

浪人の一人が、手桶の水を清次に浴びせた。

清次は、苦しく呻きながら気を取り戻した。

「手前が町奉行所の犬なのは知れているんだ。半七はどうなったか吐け……」

宗平は、血走った眼で清次を睨み付けた。

「知らねえ。俺は犬でもねえし、半七なんて知らねえ……」

清次は、嗄れた声を洩らした。

「手前、叩き斬ってやる」

浪人の一人が苛立ち、刀を抜いた。

「早まるな、清五郎《せいごろう》……」

清五郎と呼ばれた浪人は、宗平に諫《いさ》められて不服げに刀を引いた。

「こいつの命は、半七を取り戻す道具に使う」

宗平は、冷酷に告げた。

「だったら殺さず、耳か鼻でも削《そ》ぎ落としてやるか……」

もう一人の浪人が、残忍な笑みを浮べた。

「そうだ。お頭、これ以上惚けたら、源兵衛《げんべえ》の云うように耳でも削ぎ落としてやろうじゃあねえか」

清五郎は、もう一人の浪人源兵衛の企てに乗った。

「そいつは面白え……」

宗平は、清次の胸倉を鷲摑みにした。

「おい。聞いての通りだ。半七がどうなったか云わねえと、先ずは耳を削ぎ落とすぜ」

宗平は、嘲笑を浮べて残忍に囁いた。

「し、知らねえ……」

清次は、嗄れた声を苦しく震わせた。

「手前、素直に話すんだぜ……」

清五郎が、清次の頭を抱え込んで刀で耳を削ぎ落とそうとした。

「や、止めろ……」

清次は呻いた。

刹那、店で激しい音がした。

「お父っつぁん……」

おりんが、血相を変えて納戸に駆け込んで来た。

男たちの足音が響き、『辰巳屋』が激しく揺れた。

「おりん……」

宗平はおりんを促し、納戸の板壁を押した。

板壁は人が一人通れる程度に開いた。

隠し戸だ。

宗平とおりんは、隠し戸の中に飛び込んだ。

源兵衛と清五郎が続いて入り、板壁の隠し戸を中から閉めた。

血塗れの清次が、苦しげに呻いて気を失った。


久蔵、雲海坊、勇次は、『辰巳屋』の店内から板場に進んだ。

和馬、幸吉、由松が、勝手口から板場に踏み込んで来た。

久蔵、和馬、幸吉、雲海坊、由松、勇次は、板場で合流して居間に進んだ。

宗平、おりん、二人の浪人はいなかった。

「秋山さま……」

和馬は戸惑った。

「うむ。まんまと逃げられたようだ……」

久蔵は、微かな焦りを覚えた。

宗平たちは、踏み込んだのを逸早く察知して逃げたのかもしれない。

幸吉、雲海坊、由松、勇次は、家の中に散って宗平たちと清次を探した。だが、宗平たちと清次は何処にもいなかった。

「秋山さま……」

雲海坊の叫び声がした。

久蔵と和馬は、雲海坊の声のした納戸に駆け寄った。

「どうした……」

「清次です……」

幸吉と由松が、血に塗れて気を失っている清次を見付けた。

久蔵は、血塗れの清次の容態を見た。

清次は、苦しげな息を微かに洩らしていた。

「未だ息はある。雲海坊、勇次と猪牙で清次を急いで医者に運べ」

「はい。勇次……」

「合点だ」

雲海坊と勇次は、気を失っている清次を戸板に乗せて運んで行った。

「表や裏から逃げられぬからには、家の中の何処かに抜け道がある筈だ。探せ」

久蔵は睨んだ。

「はい」

和馬、幸吉、由松は、店と板場以外に抜け道を探しに散った。

久蔵は、清次の血の臭いの籠もっている納戸の中を見廻した。

納戸には長持、行燈、炬燵《こたつ》、屏風などが所狭しと置かれ、一方の板壁の前が僅かに空いているだけだった。

久蔵は、板壁を指の先で小さく叩いた。

軽い小さな音がした。

久蔵は眉をひそめ、掌で板壁を押した。

板壁は微動だにしなかった。だが、押した久蔵の掌に僅かに血が付着した。

血……。
久蔵は納戸を出た。
納戸のある場所の外は、飲み屋『辰巳屋』の横手の狭い路地だった。
久蔵は、路地に出て『辰巳屋』を窺った。
『辰巳屋』の外壁と納戸で押した板壁の間は、半間程の空間がある……。
久蔵にはそう思えた。だが、半間程の空間に宗平たち四人が隠れられる筈はない。
久蔵は路地を眺めた。
路地は、大名屋敷の土塀沿いに続いていた。
久蔵は眼を細め、土塀沿いの狭い路地を眩しげに眺めた。

四

久蔵たちの急襲が失敗し、半刻が過ぎた。
和馬、幸吉、由松は、飲み屋『辰巳屋』を徹底的に検めた。

居間、座敷、小部屋、天井裏、縁の下……。

縁の下は狭く、人が入り込む程の隙間はなかった。

和馬、幸吉、由松は、抜け道と酒問屋『升屋』から奪った金を見付ける事は出来なかった。

「見付からねえか……」

久蔵は訊いた。

「はい。抜け道も升屋から奪った金も……」

和馬は、腹立たしげに告げた。

「奪った金もか……」

「はい。我々の急な踏み込みに、隠してある金を持って逃げる暇はなかった筈です。それなのに何処にも……」

「だったら最初から此処にはなく、他に隠してあったんだろう」

「他にですか……」

和馬は眉をひそめた。

「ああ……」

「ですが、店の者を皆殺しに迄して奪った金です。眼の届く処に置きませんかね」

「和馬、金はおそらく今、宗平たちが潜んでいる処にあるんだぜ」

久蔵は睨んだ。

「そうか……」

和馬は頷いた。

「処で和馬、納戸の外の大名屋敷は何処の何様の屋敷だい」

「納戸の外の大名屋敷ですか……」

「ああ……」

「真崎藩の江戸下屋敷ですよ」

「真崎藩江戸下屋敷か……」

久蔵は眉をひそめた。

真崎藩は、上総国《かずさのくに》の二万石の小大名だ。

「真崎藩江戸下屋敷が何か……」

和馬は戸惑った。

「うむ。で、昨夜遅く来た二人の浪人、今日の昼近く迄、姿を見せなかったんだな」

「はい……」

「それに、宗平とおりん、半七が戻らない割りには落ち着いていた……」

「はい。今になって思うと、いざと云う時に逃げ込む抜け道があったから落ち着いていたんでしょうね」

和馬は、腹立たしげに睨んだ。

「よし。和馬、幸吉と由松を呼んでくれ……」

久蔵は命じた。


木置場の掘割は西陽に煌めいていた。

飲み屋『辰巳屋』は、何事もなかったように静まり返っていた。

幸吉と由松は、清次を医者に預けて戻って来た雲海坊や勇次と『辰巳屋』の見張りを続けた。

清次は、意識を失ったままだが命に別状はなかった。

宗平、おりん、二人の浪人が、抜け道から『辰巳屋』に戻った気配は窺えなかった。

幸吉、雲海坊、由松、勇次の見張りは粘り強く続けられた。

「どうだ……」

和馬が戻って来た。

「はい。宗平たちが戻った気配は窺えません」

幸吉は告げた。

「そうか……」

「で、手配りは……」

雲海坊は訊いた。

「うん。熊本藩の江戸下屋敷に頼み、中間長屋を借りて集まる場所にした」

「そいつは良かった……」

雲海坊は頷いた。

「で、大目付さまには……」

幸吉は、和馬を窺った。

「評定所を通して秋山さまの書状を届け、一応のお許しを得た」

「じゃあ……」

「ああ。何としてでも抜け道を突き止め、極悪非道の盗賊の片棒を担いでいる証拠にしてやる」

和馬は、飲み屋『辰巳屋』を睨み付けた。

刻が過ぎた。

夕陽は、飲み屋『辰巳屋』の静けさの中に差し込み始めた。

納戸は血の臭いも薄れ、薄暗くなった。

板壁の隠し戸が僅かに動いた。そして、反応を探るかのように隠し戸は止まった。

何の動きも変化も起きない。

板壁の隠し戸は、それを見届けたかのように静かに開いた。

二人の武士が、開いた隠し戸から出て来た。そして、納戸の戸口から『辰巳屋』の中の様子を窺った。

『辰巳屋』の中は夕陽に染まり、静けさに満ちていた。

二人の武士は、異変はないと見定めて隠し戸の中に声を掛けた。

源兵衛と清五郎の二人の浪人が現れ、続いて宗平とおりんが出て来た。

「犬は助け出されたようですぜ……」

源兵衛は、清次がいないのを宗平に告げた。

「ああ……」

宗平は、居間に向かった。

おりん、源兵衛、清五郎が二人の武士と共に続いた。

「随分、荒しやがって……」

おりんは、探索で乱された居間を見廻して腹立たしげに吐き棄てた。

「おりん、これで辰巳屋は棄てる。持ち出す物を早く纏《まと》めろ」

宗平は、おりんに命じた。

「はい、はい……」

おりんは、小部屋に向かおうとした。

刹那、呼子笛《よぶこぶえ》が鳴り響いた。

「引き上げろ……」

宗平は叫び、納戸に走った。

おりん、源兵衛、清五郎、二人の武士が続いた。

宗平は、納戸に駆け込もうとして思い止まり、顔を強張らせて後退りをした。

「お父っつぁん……」

おりん、源兵衛、清五郎、二人の武士は戸惑った。

納戸から久蔵が現れた。

源兵衛と清五郎が、宗平を庇うように慌てて前に出た。

「宗平、抜け道は見付けたぜ」

久蔵は、冷笑を浮べた。

「手前……」

宗平は、怒りに震えた。

和馬、幸吉、雲海坊、由松、勇次が、捕り方たちを率いて表と裏から雪崩れ込んで来た。

捕り方たちは、熊本藩江戸下屋敷の中間長屋で捕物出役の時を待っていた。

「南町奉行所である。盗賊辰巳屋宗平と一味の者共、浅草の酒問屋升屋に押し入り、店の者を皆殺しにして金を奪ったのは明白。神妙にお縄を受けろ」

和馬は、十手を額に翳して告げた。

「ち、違う。我らは真崎藩家臣、盗賊などとは拘わりない……」

二人の武士は、激しく狼狽えて言い繕った。

「だったら何故、盗賊と一緒に抜け道から出入りしているんだ」

久蔵は嘲笑った。

最早、言い逃れが出来る段階ではない。
二人の武士は覚悟を決め、震えながら刀を抜いた。
「浅葱裏《あさぎうら》が極悪非道の盗賊一味とは呆れたぜ」
和馬は、十手を奮って二人の武士に襲い掛かった。
幸吉、雲海坊、由松、勇次が続いた。
武士の一人が、和馬の十手に殴り飛ばされて倒れた。
雲海坊が、錫杖で倒れた武士の刀を叩き落した。
捕り方たちが、刀を失った武士に折り重なるように伸《の》し掛かった。
もう一人の武士は、恐怖に震えて刀を振り廻した。
勇次の萬力鎖が、もう一人の武士の刀を握る手の肩を打ち砕いた。
もう一人の武士は、悲鳴をあげて刀を落とした。
勇次と捕り方が殺到し、容赦なく殴り蹴って捕り縄を打った。
「おのれ……」
源兵衛は、久蔵に猛然と斬り掛かった。
刹那、久蔵は片膝をつき、抜き打ちの一刀を横薙ぎに放った。
源兵衛は、太股を斬られて倒れた。

幸吉が、倒れた源兵衛を十手で打ち据えた。
源兵衛は気を失った。
清五郎は怯んだ。
「手前もやるかい……」
久蔵は嘲りを浮べ、切っ先から血の滴る刀を清五郎に突き付けた。
清五郎は恐怖に震え、捕り方たちの囲みを破って逃げようとした。
「馬鹿野郎……」
由松が、清五郎の刀を持つ腕に飛び掛かって握り締めた。
清五郎は、悲鳴をあげて刀を落とした。
由松は、そのまま清五郎に外掛けを掛けた。
清五郎は、刀を持っていた手から血を流して倒れた。
捕り方たちが、倒れた清五郎を取り囲んで六尺棒で滅多打ちにした。
清五郎は、頭を抱えて悲鳴をあげた。
由松の手の指に嵌められた角手は、血に濡れていた。
おりんは、勝手口に逃げた。
和馬は、おりんの行く手を阻んだ。

「おりん、大番屋で半七が待っているぜ」

和馬は告げた。

「分かったよ。どうにでも好きにしな」

おりんは、不貞腐れて座り込んだ。

「これ迄だな、宗平……」

久蔵は笑い掛けた。

「お前さん、ひょっとしたら南町奉行所の剃刀久蔵かい……」

宗平は、久蔵に探る眼を向けた。

「ああ。だったらどうする……」

久蔵は苦笑した。

「そうか。やはり剃刀久蔵か。だったら、地獄への道連れにして、先に追いやられた者に自慢してやるぜ」

次の瞬間、宗平は憤怒《ふんぬ》の形相となり、懐の匕首《あいくち》を抜いて久蔵に鋭く突き掛った。

久蔵は、刀を無造作に閃かせた。

甲高い金属音が鳴り、宗平の匕首が飛んで天井に突き刺さった。

久蔵は、返す刀を宗平の顔に突き付けた。

宗平は、怒りと恐怖に顔を醜く歪めた。

「き、斬れ。殺せ……」

宗平は、嗄れた声を震わせた。

「冗談じゃあねえ。生憎《あいにく》、手前のような外道を楽にあの世に送る程、人は好くねえんだな。ま、じっくり責めて痛め付け、せいぜい楽しんでから磔獄門にしてやるぜ」

久蔵は、宗平を見据えて冷酷に云い放った。

宗平は、恐怖に激しく震えた。その姿は醜い老人でしかなかった。

和馬、幸吉、由松、勇次が、醜く震える宗平を押え付けて捕り縄を打った。


久蔵は、大目付配下の者と『辰巳屋』の納戸の隠し戸に入った。

隠し戸の中には縦穴が掘られていた。

久蔵と大目付配下の者は、掛かっている梯子《はしご》を使って下りた。そして、横穴を進み、突き当たりの縦穴に掛かっている梯子をあがり、暗い土蔵の中に出た。

土蔵の中は寝泊まりが出来るようになっており、酒問屋『升屋』から奪ったと思われる千両の金があった。

久蔵は、大目付配下の者と土蔵の外に出た。

土蔵は、飲み屋『辰巳屋』の隣にある真崎藩江戸下屋敷の裏庭にあった。

大名家は町奉行所の支配違いであり、踏み込まれる恐れはない。

宗平は、それを利用した。

真崎藩江戸下屋敷の土蔵に通じる抜け道を掘り、奪い取った金を隠し、危険な時に逃げ込む隠れ場所にしたのだ。

それは、当然の如く真崎藩江戸下屋敷詰め家臣に一味の者がいての事だ。

宗平一味の者は、既に捕らえた二人の他にもいるのかもしれない。

久蔵は、大名家の支配・監察を役目とする大目付に報せ、配下の者の立合いを求めた。

大目付は、久蔵の求めに応じて配下の者たちを寄越した。

大目付配下の者たちは、真崎藩江戸下屋敷の家来に盗賊辰巳屋宗平の一味の者がいるのを見定めた。

久蔵は、真崎藩の仕置を大目付に委ねた。

辰巳屋宗平は磔獄門となり、おりん、半七、浪人の源兵衛と清五郎は死罪に処せられた。

宗平の一味として押し込みを働いた真崎藩の家来は、藩を追放された浪人として死罪になった。そして、真崎藩江戸下屋敷の留守居頭は切腹した。

大目付は、一件を評定に掛けて真崎藩に減知の仕置を下した。


久蔵は、和馬に命じて清次を小石川養生所《こいしかわようじようしよ》の入室患者にした。

清次は、小石川養生所の外科医・大木俊道《おおきしゆんどう》の治療を受け、順調に回復した。

小石川養生所の庭には、洗濯されて干された晒し布が眩しく揺れていた。

「あそこにいますよ」

外科医の大木俊道は、庭で足慣らしをしている入室患者を指差した。

久蔵は、眼を細めて眺めた。

帷子を着た清次が、足を引き摺りながら足慣らしをしていた。

清次は、傷も癒えて漸く歩けるようになったのだ。

「もうじき、養生所を出られますよ」

「そうですか……」

「ええ。じゃあ私は患者が待っていますので」

大木俊道は、診察室に戻って行った。

久蔵は、足慣らしをする清次を見詰めた。

清次は、久蔵の視線に気付いた。

「秋山さま……」

清次は、戸惑ったような笑みを浮べた。

「御苦労だったな清次。お陰で升屋の者を皆殺しにして金を奪った盗賊共を残らず仕置出来たた。礼を云うぜ」

久蔵は清次を労った。

「そりゃあ良かった……」

清次は、嬉しげに相好《そうごう》を崩した。

「処で清次。あの夜、浅草広小路で何をしていたんだ……」

「えっ……」

清次は狼狽えた。

「教えて貰おうか……」

「秋山さま。そいつは云わぬが花でして……」

清次は困惑を浮べた。

「云わぬが花か。ま、いい……」

久蔵は苦笑した。

酒問屋『升屋』が宗平たちに押し込まれた真夜中、清次は浅草広小路で何をしていたのかは、今更どうでも良い事なのだ。

「畏れいります」

「もうじき養生所を出られるそうだな」

「はい。お陰さまで……」

「良けりゃあ、俺の処に顔を出しな」

「秋山さま……」

「無理にとは言わねえ。お前の気が向いたらだがな……」

久蔵は微笑んだ。

風が吹き抜け、干されている晒し布が白く輝きながら揺れた。

風には初秋の香りが微かにした。

この作品は「文春文庫」のために書き下ろされたものです。

文春文庫

秋山《あきやま》久蔵《きゅうぞう》御用《ごよう》控《ひかえ》
無《む》法《ほう》者《もの》

定価はカバーに
表示してあります

2014年8月10日　第1刷

著　者　藤《ふじ》井《い》邦《くに》夫《お》
発行者　羽鳥好之
発行所　株式会社 文藝春秋

東京都千代田区紀尾井町 3-23　〒102-8008
TEL　03・3265・1211
文藝春秋ホームページ　http://www.bunshun.co.jp
落丁、乱丁本は、お手数ですが小社製作部宛お送り下さい。送料小社負担でお取替致します。

印刷・大日本印刷　製本・加藤製本

Printed in Japan
ISBN978-4-16-790159-2